中華藝術之花

中華藝術之花

沈鵬題

中華藝術之花

中華藝術之花

中華藝術之花

陸石題

中華藝術之花

电影

电视剧

戏剧

动画片

电视纪录片

广播剧

歌曲

2014

"五个一工程"获奖作品

中華藝術之花

中共中央宣传部文化艺术局 编

学习出版社

中華藝術之花

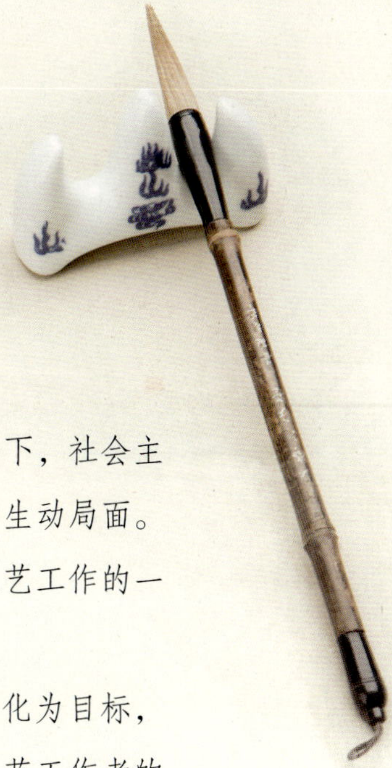

前　言

党的十八大以来，在以习近平同志为总书记的党中央坚强领导下，社会主义文化建设取得了新的重要进展，文艺创作生产呈现出蓬勃发展的生动局面。第十三届精神文明建设“五个一工程”评选，就是对十八大以来文艺工作的一次重要检阅，也是对优秀文化产品的一次集中展示。

精神文明建设“五个一工程”实施 20 多年来，以建设先进文化为目标，大力唱响时代主旋律，以巨大的感召力和影响力，极大地激发了文艺工作者的创作热情，推出了一大批精品力作，丰富了人们日益增长的精神文化生活。

由中共中央宣传部组织的精神文明建设“五个一工程”评选活动，包括电影、电视剧、戏剧、动画片、电视纪录片、广播剧、歌曲、图书等门类，由各省区市党委宣传部和部分中央国家部委，以及解放军总政治部等单位组织生产、推荐申报作品参评。对评选出的文艺作品授予优秀作品奖，对成绩突出的参评单位和部门授予组织工作奖。自 1991 年启动以来，前几届一年一评，后评选周期改为每 5 年评选 2 次，至 2014 年已举办十三届。其中，图书由中宣部出版局组织评选。

为使广大群众和文艺工作者了解历届“五个一工程”入选的优秀文艺作品，我们编辑了《中华艺术之花》图册。本图册主要介绍第十三届精神文明建设“五个一工程”入选的优秀电影、电视剧、戏剧、动画片、电视纪录片、广播剧、歌曲共 158 部作品。并附有历届“五个一工程”文艺项目获奖作品名录。相信本书的出版，对于广大读者深入领会和贯彻落实习近平总书记在全国文艺工作座谈会上的重要讲话精神，多出精品、多出人才，会提供借鉴和启示。

承蒙我国当代一些著名书法家为图册题签，谨致衷心谢忱！

编　者

2015 年 3 月于北京

“五个一工程”获奖作品

电影 电视剧 戏剧 动画片 电视纪录片 广播剧 歌曲

目 录

CONTENTS

电影 Film

电视剧

Tv play

戏剧 Drama

Cartoon 动画片

Documentary 电视纪录片

Radio Drama 广播剧

Song 歌曲

附录 Appendix

历届精神文明建设“五个一工程”获奖作品名录

第十三届“五个一工程”

中 华 艺 术 之 花

电 影

Film

国家新闻出版广电总局　组织

中国合伙人

摄制单位：
中国电影股份有限公司
我们制作有限公司

编　　剧：周智勇　张　冀　林爱华
导　　演：陈可辛
摄　　影：杜可风
主要演员：黄晓明　邓　超　佟大为

故事梗概

20 世纪 80 年代，3 个怀有热情和梦想的年轻人在高等学府燕京大学的校园内相遇，从此展开了他们长达 30 年的友谊和梦想征途。出生于留学世家的孟晓骏渴望站在美国的土地上改变世界，浪漫自由的王阳尽情享受改革开放初期那蓬勃激昂的青春气息，曾两次高考落榜的农村青年成冬青以晓骏为目标努力求学，并收获了美好的爱情。然而 3 个好友最终只有晓骏获得美国签证，现实和梦想的巨大差距让冬青和王阳备受打击。偶然机缘，被开除公职的冬青在王阳的帮助下办起了英语培训学校，开始品尝到成功的喜悦。在美国发展不顺的晓骏回国，并加入学校，无疑推动 3 个好友朝着梦想迈进了一大步。

只是随着成功的降临，他们的友情也开始承受严峻的考验……

河北省委宣传部 组织

周恩来的四个昼夜

摄制单位：
河北影视集团
华夏电影发行有限责任公司

编　　剧：田运章　吴保安
导　　演：陈　力
摄　　影：黄　山
主要演员：孙维民　何　伟　储智博
牛　犇　郝　岩　柏　青

故事梗概

故事发生在20世纪60年代初，我国遭遇了连续3年的自然灾害，加之“大跃进”的失误及苏联的连续逼债，使国民经济濒临崩溃的边缘，全国发生了罕见的大饥荒。党中央意识到这个问题后，在毛主席亲自率领下，中央领导奔赴祖国各地，深入到最基层进行社会调查，以便掌握第一手资料，调整相关政策。周恩来在邓颖超陪同下，从贵州赶赴河北。公社主任郭凤林不愿年事已高的总理看到令人揪心的真实状况，他采用欺上瞒下手段，层层弄虚作假，不让干部群众讲真话，甚至对生性耿直的亲爹封锁总理来视察的消息。总理明察秋毫，十分清楚基层在作假糊弄自己，他甩开干部们事前做好的安排，深入底层访贫问苦，他交下的穷朋友张二廷终于向他袒露了真情，而自知犯下大错的郭凤林羞愧万分……

本片展现了第一代中央领导集体深入基层、深入群众、扎实调研、体察民情的优良作风和宝贵精神。影片立意高远、故事感人、制作精良、现实意义重大，是重大革命历史题材影片创作的重大突破。

江苏省委宣传部　组织

一号目标

摄制单位：
南京毅刚文化传媒有限公司等

编　　剧： 姜　滇　董　哲　翟俊杰
导　　演： 翟小兴　翟俊杰
摄　　影： 梁　明
主要演员： 孙维民　蒋勤勤　刘小锋
孙　茜　张　瑶

故事梗概

本片讲述了1946年中国共产党为了避免内战、争取民主和平，以周恩来同志为团长的中共代表团在南京梅园新村与国民党、美国代表进行了艰苦卓绝的谈判。再现了周恩来运筹帷幄，沉着应变，在特殊环境中表现出的大智慧。

一个无意间遗失的笔记本，惊动了美国五星上将马歇尔，让王牌特工熊汇荃身陷不测之地。南京中共代表团驻地梅园周围，遍布着眼线和暗桩，每个人都处于严密的监视之中。周恩来不动声色地与各路对手进行着惊心动魄的博弈。谈判桌上，唇枪舌剑；街边巷尾，暗影重重。马歇尔、蒋介石、宋美龄、何应钦、陈诚、胡宗南等众多大人物粉墨登场，觥筹交错中暗藏杀机。梅园的女记者对阵保密局女特工，敌手相逢，笑容中透出凛冽。周恩来戏院设局，一折《蒋干盗书》令马歇尔心生疑窦。熊汇荃杭州遇险，危机中却意外柳暗花明。重重罗网笼罩梅园，却阻挡不住梅园的英豪们将内战的真相公诸天下。谈笑风生之间，周恩来运筹帷幄、风度洒然，无论走到哪里，他都是聚光灯下的一号目标。

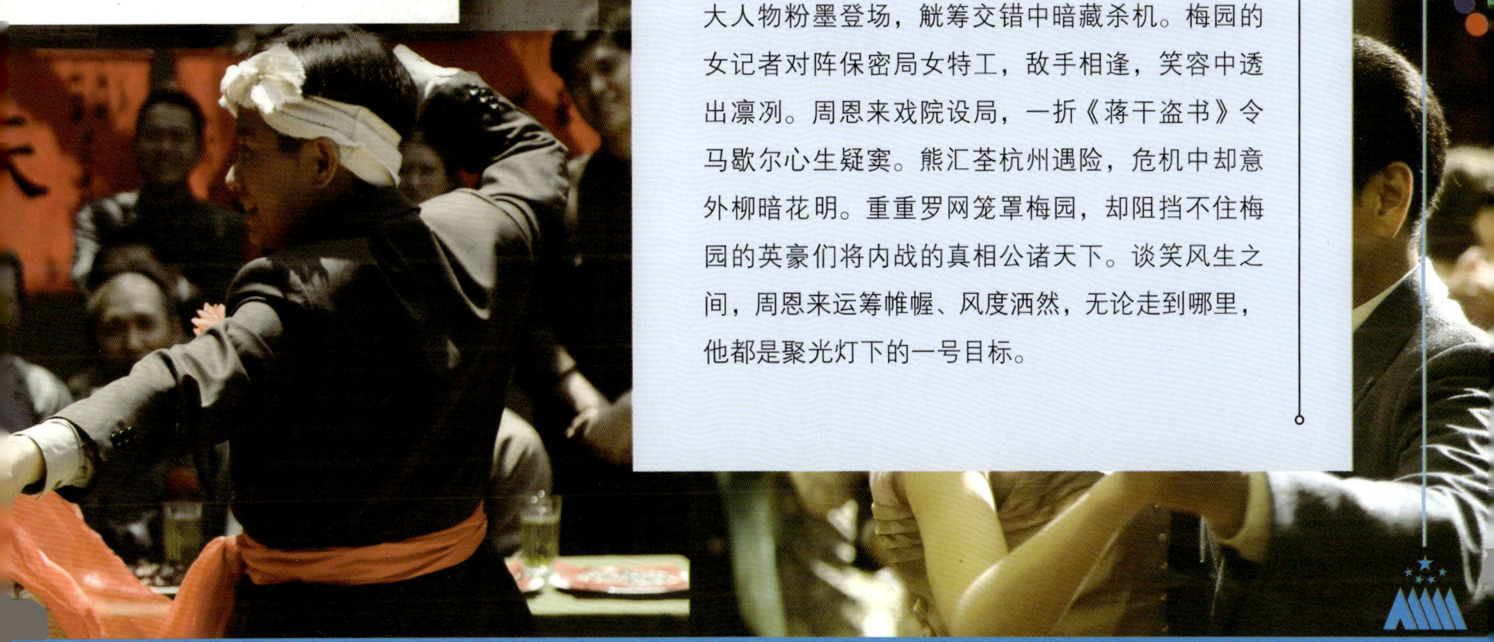

河南省委宣传部　组织

永远的焦裕禄

摄制单位：
河南影视制作集团

编　　剧： 王　钢　陈燕民
导　　演： 海　涛　侯雅俊
摄　　影： 陈　诚

郑州演播室录制采访焦裕禄二女儿焦守云

兰考焦裕禄纪念馆

兰考焦家小院拍摄采访焦裕禄长女和长子

故　事　梗　概

大型纪录电影《永远的焦裕禄》为人物纪录片，全片紧紧围绕焦裕禄同志在河南省兰考县工作的475天，通过焦裕禄的领导、同事、子女以及宣传、研究焦裕禄事迹和精神的作家、学者的动情讲述，回顾焦裕禄在兰考475天忘我工作的感人故事和背后许多不为人知的动人细节，还原了焦裕禄从成长到入伍、从剿匪斗争到地方管理、从工业战线到农业战线的不平凡的生命历程，生动地阐述了焦裕禄精神的产生、内涵、意义和现实影响。

全片分为世代传颂，临危受命，初遇困难，决战“三害”，亲力亲为，爱民情怀，鞠躬尽瘁，丰碑永存8个部分。采用现实与历史时空交错的纪录手法，通过大量人物采访、实景拍摄、纪实拍摄、影像资料、珍贵文物、情景再现等方式，再现焦裕禄同志“心中装着全体人民、唯独没有他自己”的公仆情怀，凡事探求就里、“吃别人嚼过的馍没味道”的求实作风，“敢教日月换新天”“革命者要在困难面前逞英雄”的奋斗精神，艰苦朴素、廉洁奉公、“任何时候都不搞特殊化”的道德情操。

新疆维吾尔自治区党委宣传部　组织

真　爱

摄制单位：
天山电影制片厂

编　　剧： 尹　俭　高黄刚
导　　演： 西尔扎提・牙合甫　张　欣
摄　　影： 格日图　拜海提・牙合甫
主要演员： 孔都孜扎依・塔西
拜合提亚尔・艾则孜

故 事 梗 概

本片根据第四届全国道德模范阿尼帕·阿力马洪的事迹改编，讲述了维吾尔族母亲阿尼帕老人历经千辛万苦，用超越血脉、民族的人间真爱，在几十年的时间里，抚养了6个民族的19个孩子的故事。

阿尼帕·阿力马洪的真实事迹，是一个弘扬人间真情大爱，展现中华民族大家庭和谐的生活场景，反映了新疆各民族患难与共、水乳交融、携手并进、共同建设美好家园的动人生活故事。

影片采取了真实再现和情感抒发、写实与散文诗化写意相结合的叙事风格，影片时间跨度从主人公30多岁到80多岁。在影片中，有许多唯美的画面，纯净的天空、温暖的毡房、风吹草动的姿态等，表现剧中人物在现实中经受了磨难之后，内心是如何获取踏实和希望的。

四川省委宣传部　组织

天上的菊美

摄制单位：
峨眉电影集团

编　　剧：卓玛达娃
导　　演：苗　月
摄　　影：史　岳
主要演员：陈　瑾　江疏影
阿旺仁青

故　事　梗　概

本片作为国内第一部反映藏区基层民族干部工作和生活的现实主义题材电影，以菊美多吉生前的先进事迹为蓝本，真实、感人地向观众娓娓道来一名优秀的共产党员怎样带领藏区人民提高藏区的物质和精神文化水平。影片讲述了藏族基层干部菊美多吉短暂但感人的一生。他是四川省藏区的基层干部，虽然官职不大，但需要他关心的问题却不少，像牧民家的牛丢了、为当地修桥补路等在他人眼里的“小事”，在他心中却是头等大事。正是由于操劳过度，他患上了高血压等疾病，而这也没有耽误他为当地百姓服务，直至菊美在一次深入牧区的走访之后，因突发疾病，在睡梦中去世。

四川省委宣传部　组织

兰　辉

摄制单位：
中国电影制片人协会
绵阳文化旅游集团有限公司
绵阳商业银行

编　　剧： 柳建伟
导　　演： 明振江　温德光　刘之冰
摄　　影： 温德光
主要演员： 刘之冰　李雪健
陶慧敏　洪晓熙

故事梗概

这是一部根据党的群众路线教育实践活动中涌现出来的先进典型事迹而改编拍摄的故事影片。2008 年汶川地震后，涌现出许多抗震救灾优秀干部，绵阳市北川羌族自治县人民政府副县长兰辉同志，就是其中最优秀的代表。2013 年 5 月 23 日，兰辉同志因公殉职。2013 年 9 月 22 日，习近平总书记写下了这样一段批示：“兰辉同志始终把党和人民的事业放在心中最高位置，是用生命实践党的群众路线的好干部，是新时期共产党人的楷模，广大党员干部要学习他信念坚定、对党忠诚的政治品质，心系群众、为民尽责的公仆情怀，忘我工作、务实进取的敬业精神，克己奉公、敢于担当的崇高品格，牢固树立宗旨意识，自觉做到为民务实清廉，更好发挥表率作用，不断做出经得起实践、人民、历史检验的实绩。”

影片讲述的兰辉故事，是以他担任副县长到因公殉职的 5 年时间里所发生的一系列真实的故事为原型创作提炼、艺术加工而成的，通过兰辉及身边人物之间的关系，对生与死、公与私、荣与辱等人生和人性的问题进行了探究和表达。

陕西省委宣传部　组织

百鸟朝凤

摄制单位：
西安曲江梦园影视有限公司

编　　剧： 吴天明　罗雪莹　肖江虹
导　　演： 吴天明
摄　　影： 王天麟
主要演员： 陶泽如　李岷城　迟　蓬　郑　伟　胡先煦

故 事 梗 概

《百鸟朝凤》讲述了一个既简单平实又极为精彩的中国乡村故事：在无双镇，吹唢呐这种传之久远的民间艺术，绝不止于娱乐，更具意味的是它在办丧事时是对远行故去者的一种人生评价——道德平庸者只吹两台，中等的吹四台，上等者吹八台，德高望重者才有资格吹“百鸟朝凤”。“百鸟朝凤”这支高难度的曲子，也只有领军的唢呐高手才能胜任。整个无双镇，只有四方闻名的焦家班班主焦三爷能吹“百鸟朝凤”。焦三爷老了，急需培养接班人。挑谁？培养谁？怎样培养？如何率先垂范？吴天明用中国特色现实主义创作风格，朴实无华地为观众讲述了这样一个地道的中国乡村故事，深沉、精准地传达出中国优秀传统文化的精神。

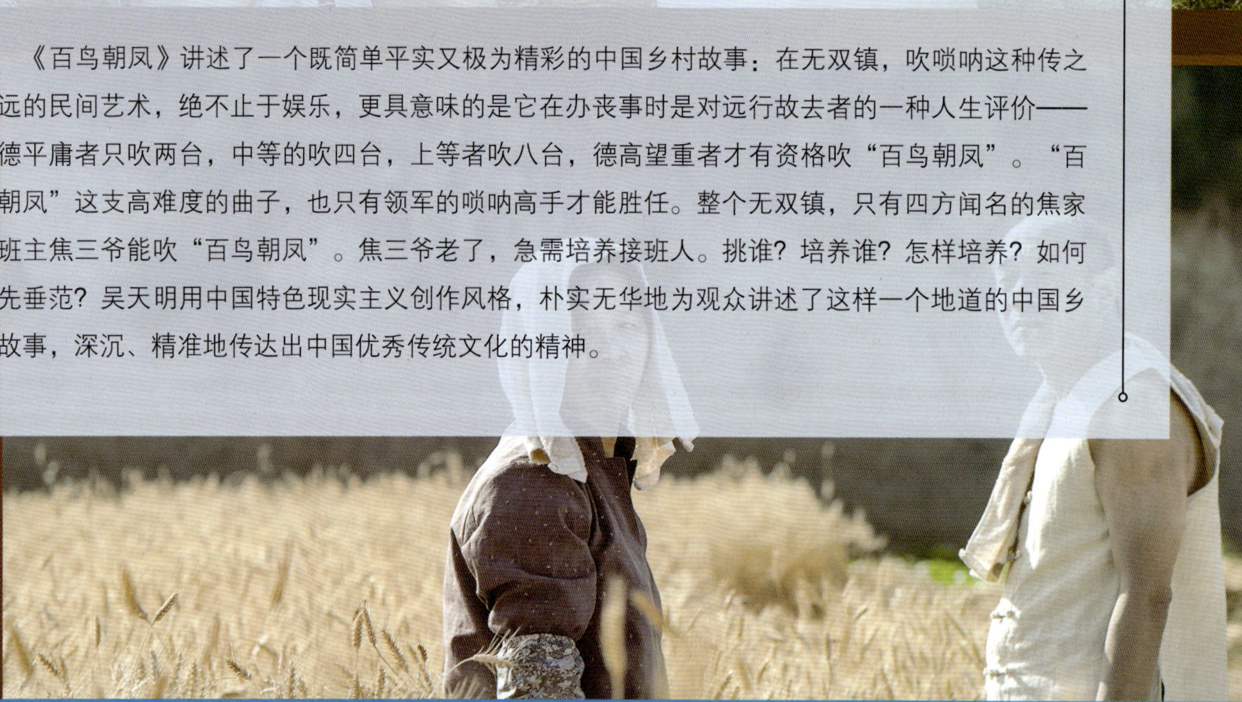

云南省委宣传部　吉林省委宣传部　组织

索道医生

摄制单位：
吉林省委宣传部
云南省委宣传部
长影集团
北京中传扬帆影视文化发展公司

编　　剧：郭中束
导　　演：雷献禾
摄　　影：于小忱
主要演员：哈前生　胡丽芝　华秀益
邓前普　李小龙

故 事 梗 概

本片取材于云南省福贡县拉马底村乡村医生、优秀共产党员、全国敬业奉献模范邓前堆同志的真实事迹。邓前堆冒生命危险溜索过江往返于怒江两岸，为群众看病送药，用坚守换来了百姓的健康。

影片以民生视角，关注老少边穷地区公共医疗事业，揭示敬畏与坚守的医道职责内涵，反映基层党员的为民奉献精神及忠于职守的高尚情怀，向全国乃至全世界展示了中国共产党和中国政府对少数民族的尊重和保护。

内蒙古自治区党委宣传部　公安部　组织

警察日记

摄制单位：
内蒙古蓝色故乡影业

编　　剧： 宁　岱
导　　演： 宁　瀛
摄　　影： 尚·欧迪（美国）
主要演员： 王景春　孙　亮

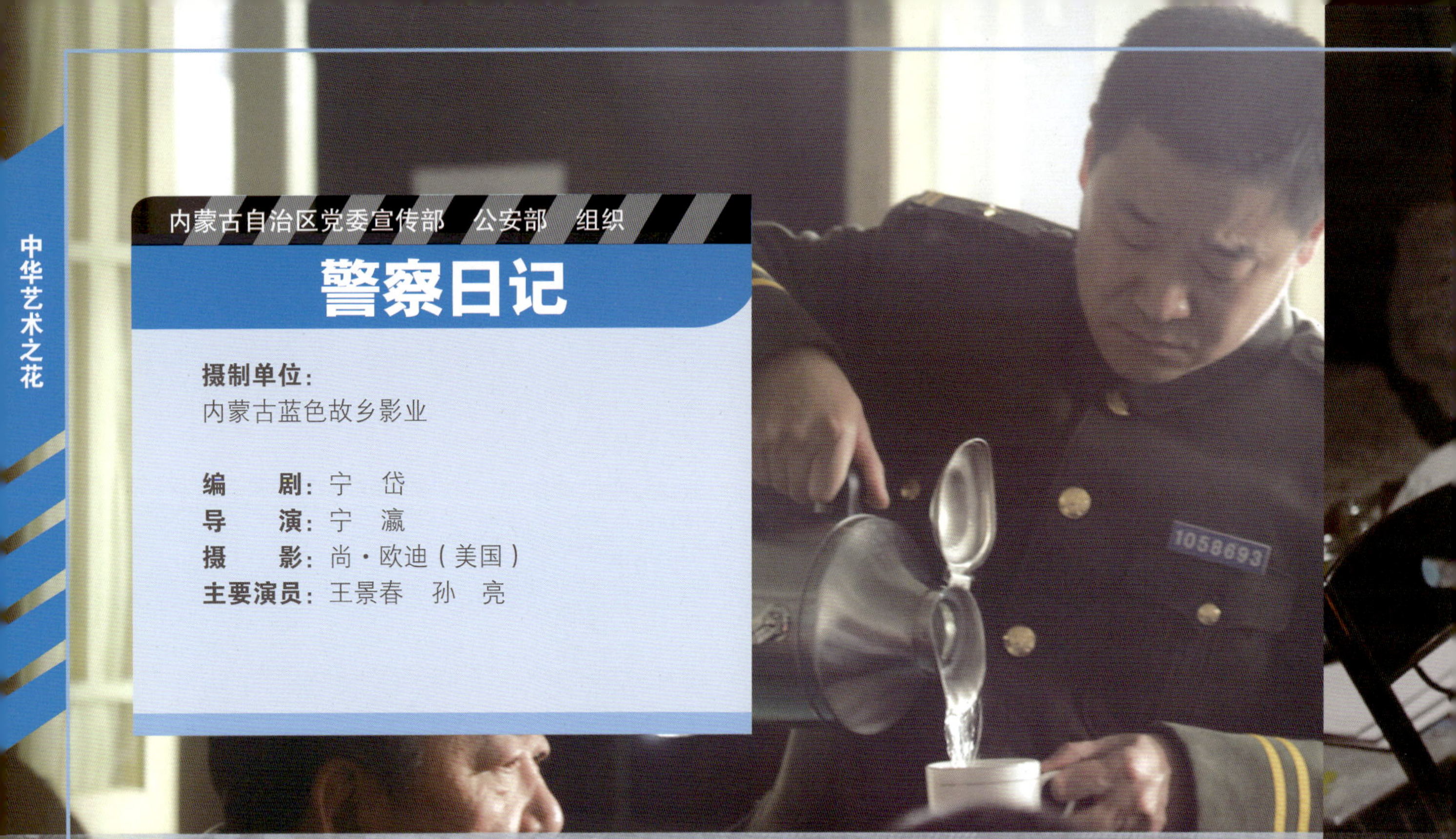

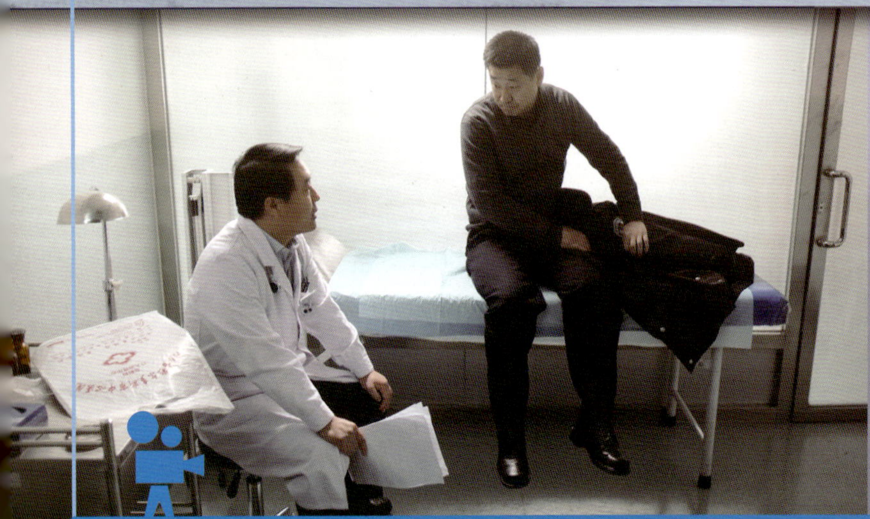

故 事 梗 概

1997 年，28 岁的郝万忠当上了刑警。因为表现出色和高度敬业，他很快被一步步提升为准格尔旗公安局局长。2011 年，41 岁的郝万忠在体能训练时，突发心脏病殉职。影片以新华社记者沿着他的人生足迹采访其亲人、同事、工作对象的过程中再现出了一个疾恶如仇、尽职尽责，充满了百姓情怀的公安局长形象。

郝万忠在 14 年的从警生涯中，成功破获了 2000 多例刑事案件，解决了民工讨薪、群体性煤矿罢运等尖锐社会难题，留下了 68 本工作日记。从他做刑警接触的第一桩重大命案——至今未破的悬案，到临终前的全局工作计划，详细记载了他每天的工作安排、案情分析、人生感悟，以及对那桩悬案的多次重新梳理和研究。正是这些平凡的点点滴滴让我们看到了一名基层公安局长的艰辛、不舍和追求，真实地再现了郝万忠同志作为一名人民警察为民服务、维护正义的鲜活形象。

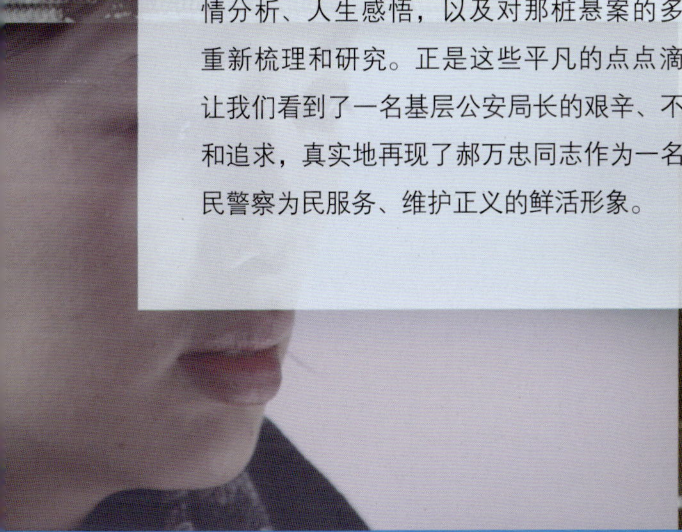

北京市委宣传部　组织

一代宗师

摄制单位：
银都机构有限公司
泽东电影有限公司

编　　剧：徐皓峰　王家卫　邹静之
导　　演：王家卫
摄　　影：菲利普·勒素（法国）　宋晓飞
主要演员：梁朝伟　章子怡
张　震　张　晋

故事梗概

本片通过众多个性丰满的角色，讲述了一个大时代、大历史中的中国故事，而那些武林中人的悲壮命运，恰好深刻折射出中华民族彼时正在经历的伤痛。广东佛山人叶问，咏春拳掌门人，年少时家境优渥，从师咏春拳第三代传人陈华顺学习拳法，师傅“一条腰带一口气”的告诫，支撑他走过兵荒马乱、朝代更迭的混乱年代。妻子张永成泼辣干练，二人夫唱妇随，琴瑟和谐。

1936 年，佛山武术界乱云激荡。八卦掌宗师宫羽田年事已高，承诺隐退。然而其所担任的中华武士会会长职位，自然引起武林高手的关注与觊觎。包括白猿马三、关东之鬼丁连山、咏春叶问等高手无不将目光聚焦在正气凛然的宫羽田身上。拳有南北，国有南北乎？最有德行之人才堪会长重任，浮世虚名却引得无数迷乱之人狂醉奔忙，浪掷残生。生逢乱世，儿女情长埋藏心底，被冷若寒冰的车轮碾作碎泥。

影片展现了香港、内地武林传承接续的脉络，同时更准确传神生动地传递了武术所承载的中华传统文化的精髓要义。

上海市委宣传部　西藏自治区党委宣传部　组织

西藏天空

摄制单位：
上海电影（集团）有限公司

编　　剧： 阿　来
导　　演： 傅东育
摄　　影： 曾　剑
主要演员： 阿旺仁青　拉旺罗布　索朗卓嘎　杨　雪　多布杰

故事梗概

本片的时代背景从20世纪40年代中期开始，一直延续到80年代，纵贯西藏史上最风云激荡、沧桑巨变的一段历史时期。

故事讲述了两位西藏青年——庄园少爷丹增与农奴普布之间的恩怨情仇。丹增与普布从小在一个庄园长大，原本相交甚好的两兄弟由于身份等级和家庭的巨大悬殊，随着时代的动荡和变迁，两人从朋友变成了仇人。因少爷犯错，普布险些丧命。之后为了替少爷赎罪，以少爷替身名义到寺里修行，将少爷的名字作为法名，所念的经文、所修的福报，皆为少爷所有。

解放军进藏，受到农奴的热烈欢迎。人们的思想意识发生了变化，农奴得到解放军的尊重，得到人权的平等。在这来世重于今生的宗教国度里，普布醒悟了，于是，普布要回自己的名字、身份和自由。

影片以史诗般的恢宏制作，原汁原味地还原了当时的历史事件。以独特的视角，展现了西藏农奴制的蜕变，糅合了抗争、奋斗、不屈的精神，将一段血泪交融、刻骨铭心的故事展现于银幕。

湖南省委宣传部　组织

毛泽东与齐白石

摄制单位：
潇湘电影集团有限公司

编　　剧：王青伟
导　　演：史凤和
摄　　影：姜力军
主要演员：唐国强　刘子枫　王伍福
梁春书　熊晓雯

故　事　梗　概

北平解放之前，国共双方为争取齐白石等知名人士展开了一场无声的战争。国民党对齐白石威逼利诱，在他惊恐动摇之时，徐悲鸿给他捎来了共产党和毛泽东的慰问，他得以放心。北平解放后，毛泽东委派艾青上门拜访齐白石，安排修缮居所，并叮嘱郭沫若和艾青对北平文艺界人士的生活情况进行调查了解。为了表达敬意和感激，齐白石拿出珍藏多年的寿山石，刻下一对印章，托艾青转交给毛泽东。毛泽东邀请齐白石前往中南海做客，宴席上与毛泽东和朱德的叙谈对齐白石大有启迪，他认识到，艺术也应该与时俱进，加入时代精神，反映时代愿望。

新中国成立后百废待兴，受火热的生活感染，齐白石从丧子之痛中解脱出来，重新投入艺术创作，其画作别开新境，他还积极投身于人类和平事业当中，并获得国际和平奖。

齐白石与毛泽东只有一面之交，却碰撞出炫目的火花，那是艺术与政治的火花，也是两位旷世之才的心灵火花。

中華全國文學藝術界代表大會

辽宁省委宣传部　组织

雷锋在 1959

摄制单位：
辽宁省委宣传部
八一电影制片厂
辽阳市委市政府等

编　　剧： 黑纪文
导　　演： 宁海强
摄　　影： 杨燕娣
主要演员： 钟　秋　葛晓凤　李　强
冯国庆　刘之冰

故事梗概

1959年8月20日，雷锋响应号召，离开鞍山，来到条件艰苦的辽阳市弓长岭，参加焦化厂的建设。雷锋用火一样的青春，燃烧着自己，温暖着别人，在弓长岭度过了他一生中最为重要、最富情感、最为辉煌的142天。在这里，雷锋完成了从农民到工人的飞跃，实现了从普通百姓到人民子弟兵的过渡，形成了自己为共产主义奋斗终生的人生观。

本片把雷锋写下的20篇闪烁着哲理和青春气息的日记作为线索，追寻雷锋当年的足迹，还原那个年代的同时，着力塑造一个工人的雷锋、一个青春溢满的雷锋、一个充满爱心和感恩之情的雷锋。

本片突破以往正面歌颂英雄的常规，把雷锋当成一个普通的青年工人来塑造，描写雷锋对党的感激之情、对同志的关心之情、对生活的热爱之情、对爱情的憧憬之情，让观众看到一个真实的雷锋。

甘肃省委宣传部　组织

甘南情歌

摄制单位：
央视电影频道节目中心
甘肃风行影视文化有限公司

编　　剧： 李本深　肖莫庸
导　　演： 高力强
摄　　影： 高　鹏
主要演员： 李槐龙　德　姬　蒲巴太
柳　洋　陈国义 • 朵尔藏

故 事 梗 概

本片讲述了一位来自杭州的医科大学毕业生万鹏，克服南国都市与远荒草原、理想与现实的巨大反差，靠着治病救人的医者良心，靠着对藏区发展医疗卫生事业迫切性的亲身感受，特别是来自美丽善良的藏族姑娘德吉卓尕的真爱，使他选择扎根、坚守，最终收获了刻骨铭心的爱情和事业的成功。

本片广泛采纳和概括了几十年来从祖国各地来到甘南藏区与藏区人民群众相结合、为藏区人民群众服务的多位优秀医务工作者及其他行业知识分子的先进事迹，有他们人生经历、先进事迹、感人故事的影子，但又脱离真人真事的限制，进行艺术虚构，使之源于生活，又高于、美于生活。主人公经历生活磨炼、文化碰撞终于扎根、融入甘南草原、藏乡热土，虔诚地把智慧、力量和宝贵的青春献给藏族同胞、献给心中的香巴拉的感人形象，展示了新中国培养的一代年轻知识分子热爱人民、敬畏事业、不怕困难、乐于奉献的崇高精神境界。

解放军总政治部　组织

目标战

摄制单位：
八一电影制片厂
济南军区政治部

编　　剧： 戴　嵘　刘克中
导　　演： 宁海强
摄　　影： 王卫东
主要演员： 吴其江　宁　宁　聂　远
刘之冰　曹　凯　侯世甲

故事梗概

本片反映的是济南军区“红一连”这支历史悠久、战功卓著的荣誉连队，在连长戈睿的带领下面对错综复杂的信息化战场和军事变革的滚滚浪潮，勇于挑战自我，敢于实践担当，在“目标中心战”这一崭新军事理论的引导下，穿越艰难险阻，历经变革涅槃，成功把传统步兵锻造成主宰未来信息化战场的多样化、特战化精锐的壮阔历程。影片故事情节跌宕起伏，人物刻画饱满生动，成功塑造了一批 85 后、90 后新生代官兵形象，他们有勇有谋又时尚，同时也不乏敏锐棱角，但经过“红一连”火热熔炉的淬火锤炼，通过“目标中心战”探索中的实践砥砺，最终成为未来信息化战场的刀锋铁拳。

1927

重庆市委宣传部　组织

走过雪山草地

摄制单位：
重庆市委宣传部
山东阿伊泉影视传媒有限公司
重庆电影集团

编　　剧：王朝柱
导　　演：王才涛
摄　　影：孙冶平
主要演员：杨俊勇　罗忆楠

故事梗概

20世纪30年代，中国工农红军的战略转移——长征，创造了中外战争史上的奇迹。本片生动地再现了红军长征中爬雪山、过草地的艰难历程，生动刻画了红军女战士淳朴细腻的情感世界和壮烈的革命激情，生动演绎了当年红军的革命音乐和优美动听的民歌，真情讴歌了红军战士用鲜血和生命凝练的长征精神。

在艰苦卓绝的长征中，红军剧团的同志爬雪山，过草地。他们团结奋斗，相扶相帮，背着、抬着，在荆棘中、在冰雪上、在泥泞里艰难跋涉；他们以革命的大无畏精神与艰难险阻、恶劣环境抗争；他们以崇高的革命乐观主义面对伤痛甚至牺牲；在危险时刻、紧要关头，他们自觉地、勇敢地而又义无反顾地选择自己流血牺牲，而把生的权利留给别人！

雪山草地被征服了，长征胜利了，中国革命胜利了。然而，革命事业继续发展，革命道路依然漫长。永远的雪山草地，让我们永远不忘长征精神，永远践行长征精神。

天津市委宣传部 广东省委宣传部 组织

全民目击

摄制单位：
二十一世纪威克影视传媒有限公司
电广传媒影业（北京）有限公司
银润传媒
安徽广播电视台等

编　　剧： 非　行
导　　演： 非　行
摄　　影： 赵小丁
主要演员： 孙红雷　郭富城
余　男　邓家佳

故 事 梗 概

富豪林泰婚期将至，准新娘却惨死地下停车场，林泰的女儿林萌萌成为最大嫌疑人，林泰不惜重金聘请国内顶级律师周莉为独女辩护，而公诉方却是十多年一直追查林泰的童涛。随着法庭质证的深入，罪案真相却越来越扑朔迷离。所有人都深陷迷局，真相隐遁在迷雾之中。“人的一生，总有些东西比命还重要。”心灵的救赎，更发人深省。

影片采用多角度叙事结构，通过大众群体、律师、检察官、富豪的4个视角去讲述同一件事情，不同的角度展现不同的细节与观点，制造层层悬念，最终还原出事情的真相。

黑龙江省委宣传部　组织

张丽莉老师的故事

摄制单位：
黑龙江省委宣传部
佳木斯市委市政府
黑龙江省广播电影电视局
龙江电影制片厂等

编　　剧： 黑纪文
导　　演： 刘抒鹃
摄　　影： 张　兵
主要演员： 张聪迪　保剑锋

故　事　梗　概

本片以“最美女教师”张丽莉的感人事迹为故事原型，以巧妙的电影艺术语言，精心选取和重组了张丽莉日常工作生活的真实片段、英勇救人的难忘瞬间和艰难救治康复的感人故事，真实演绎了一个关于青春、成长、责任、爱、给予和奉献的最美时代主题。影片通过对普通人物平凡故事的生动细致刻画，诠释了伟大的师魂和人性的光辉，是一部以“人间大爱”为主旋律的感人影片。

本片思想深邃，立意高远，内涵丰富，文化品格高尚，构思巧妙，视角独特，情节跌宕起伏，人物形象真实、生动、美好，人物性格刻画细腻、深刻、感人，人物关系处理自然、朴实，故事情节真实紧凑，扣人心弦、感人至深。影片生动塑造了一个清纯美丽、坚强乐观的当代青年，一个大爱无疆、勇于担当、敬业爱岗的女教师形象。

浙江省委宣传部 组织

听风者

摄制单位：

美亚电影制作有限公司等

编　　剧：庄文强　麦兆辉

导　　演：麦兆辉　庄文强

摄　　影：潘耀明

主要演员：梁朝伟　周　迅

王学兵　范晓萱

故事梗概

20世纪50年代初，国民党残余敌特人员意图颠覆新政权，为监听敌台而设立的神秘部队701陷入了空前危机。扭转局面的，居然是一个来自民间的默默无闻的盲人，因为他，战局陡然扭转，围绕这个奇人展开了一系列惊心动魄的故事。

影片讲述神秘部队701负责监听敌方电台，而敌方几百个电台同时消失，令701陷入混乱。负责寻找奇人异士的张学宁，将听觉敏锐的盲人何兵带回701，并通过他的异能把敌台一一找回。然而，有一天，何兵做错了一件事，令张学宁也陷入危险中……

福建省委宣传部　组织

衍　香

摄制单位：
福建金银海文化传媒
北京青年电影制片厂

编　　剧： 张　辉
导　　演： 张　辉
摄　　影： 彭　宏　李　博
主要演员： 娜仁花　马　元

故 事 梗 概

本片从客家土楼和土楼生活中汲取丰富素材，以改革开放后的福建闽西发展为背景，通过叙述令人震撼的客家青年励志故事，多角度多侧面塑造了一个生活在农村的普通农家妇女勤劳、朴实、坚忍，体现“老吾老以及人之老，幼吾幼以及人之幼”，具有大爱无疆情怀的客家母亲的真实感人的艺术形象。

故事讲述发生在闽西农村的一个跨年代故事——爱人早逝的客家妇女拉扯着3个孩子长大，大儿子毕业后留在当地学校教书，村里书记没上过学的女儿喜欢他，两家定下了亲事。但本来和谐的生活被从省城来的漂亮女老师打破了。一个从小在穷困家庭中长大，很听妈妈话的男人，陷入了生活的矛盾——遵从自己内心的追求，还是面对现实？

山东省委宣传部　组织

世界屋脊的歌声

摄制单位：
泰安广播电视台
森田传媒有限公司

编　　剧：张华锋　吕品品
导　　演：王文杰
摄　　像：孟晓清
主要演员：洛　丹　王仁君　孟　丽

故 事 梗 概

本片讲述的是一个80后支教西藏的故事。刚刚开始创业的山东小伙吴小远意外留在西藏教藏族孩子们唱国歌。待他从西藏回到山东才得知合伙人携款而逃，在吴小远恼火、郁闷、迷失之际，善良的西藏朋友让他感受到温暖，找到了自己存在的价值。吴小远的故事打动了很多人，女友秦沫沫从最开始的不理解变成了大力支持，越来越多的人关注到西藏那片纯净的地方，越来越多的人开始以不同的形式贡献着自己的一分力量……

影片积极向上，弘扬社会主义核心价值观，唱响主旋律，传递正能量，展示了诚信友善、和谐互助的思想内涵，突出了“中华民族大团结、同声唱响中国梦”的主题。

热

江西省委宣传部　组织

洋妞到我家

摄制单位：
北京大汗天下传媒有限公司

编　　剧： 李春利　李轻松
导　　演： 陈　刚
摄　　影： 孙　明
主要演员： 徐　帆　陈建斌
陈一诺　佳妮娜

故　事　梗　概

本片以家庭喜剧欢快活泼的形式和真实生活为基础创作而成，描写了这样的故事：一个“怨妇型”大龄妈妈在生活和工作的双重压力下，为了早日能带女儿出国，她与丈夫产生隔阂，请来了哥伦比亚籍互惠生。文化差异带来了种种碰撞、误会甚至是危机，让孩子成长，也让妈妈开始思考，如何教育孩子，如何面对婚姻、情感。

外国互惠生们在感受中国文化的同时，体会到中国传统文化的宽厚、中国式母爱的伟大，中国孩子特有的幸福。同时妈妈也了解到，所有她不堪忍受的主观、客观困境，其实在外国甚至是发达国家也同样存在。中国妈妈也逐渐意识到，在她和身边朋友们纷纷想“走出去”的时候，大量国外年轻人期待的却是“走进来”，中国给予了世界太多机会，学中文正成为国外年轻人改变命运、改变生活、走向梦想的基石，而自己“走出去”也许会得到，但失去的也许更多，其实，幸福在于心态……

安徽省委宣传部　组织

一八九四·甲午大海战

摄制单位：
中国电影股份有限公司
时代出版传媒股份有限公司
央视电影频道节目中心

编　　剧：冯小宁
导　　演：冯小宁
摄　　影：冯小宁
主要演员：陆　毅　夏　雨　孙海英　杨立新　吕丽萍

故事梗概

1867年，李鸿章上书清政府呈请建立船政学堂，聘请西方人讲授现代海军知识。邓世昌来报考时，一鸣惊人。1877年，邓世昌送同学们赴英国皇家海军学院深造。与此同时，日本天皇号召朝野捐俸购得了铁甲舰，伊藤博文还奉上了侵略的奏章。北洋水师提督丁汝昌率刘步蟾、邓世昌等“镇远”号、“致远”号将士出访日本，遭遇长崎事件，大战一触即发。

本片以中日甲午战争为背景，全景式地展现了北洋水师与日本海军决战黄海的过程，成功塑造了以邓世昌为代表的北洋水师官兵捍卫民族利益、与敌血战到底、最终为国捐躯的英雄群像，揭示了落后就要挨打和腐败必然亡国的深刻道理，揭露了日本军国主义的侵略本性。

湖北省委宣传部　组织

青春派

摄制单位：

湖北黄冈广电数字传媒有限公司

中国电影股份有限公司

央视电影频道节目中心

湖北远东卓越影视传媒有限公司

编　　剧： 刘　杰　高　山　朱　珠　田晓威

导　　演： 刘　杰

摄　　影： 张　昊

主要演员： 董子健　秦海璐　郄路通　咏　梅　焦　刚　安悦溪

故事梗概

不疯狂，怎叫青春？居然在高考前拍毕业照时，当着全校师生的面，大声地用泰戈尔的诗句向暗恋了3年的黄晶晶表白，收获了甜蜜的初恋。但很快初恋的甜蜜就被闻讯赶来的母亲破坏了，黄晶晶在居然母亲的刺激下傲然离去，伤心的居然想爬墙挽回初恋，却摔伤了尾骨。失恋加受伤的他高考失利，看着黄晶晶前往复旦的身影，决定复读追逐爱情，开始了一段疯狂的高四历程。

在一年当中，居然和他的伙伴们面临着形形色色的问题，被现实生活和成长的烦恼挤压。面对老师和家长的殷切期望，他们在重重压力下享受着成长的快感，懵懂纯真的爱情又不期而至……

在每个青春的回忆中，一个唠叨偏执的老妈，一个爱恨交加的班主任，一个深陷暗恋默默付出的女孩儿，几个情感丰富讲义气的哥们，一群各有故事特色十足的损友，这就是所有人关于高考的青春记忆。

贵州省委宣传部　组织

近距离击杀

摄制单位：
央视电影频道节目中心
北京十月天文化传媒有限公司
贵州省独山县人民政府等

编　　剧： 孙小杭　章迪沙
导　　演： 孙　铁
摄　　影： 王宏量
主要演员： 董　勇　巫　刚　张煊赫
李思博　刘　奕　刘继勋

故 事 梗 概

1944 年，日军发起“斩马行动”，追杀八路军高级将领“常胜将军”马德瑞。一向骁勇善战的警卫连几近全连覆没，马德瑞离奇死亡、尸骨无踪。11 年后，老马遗体被发现，头颅弹痕鉴定，为 3 米内“近距离击杀”，而非报告中所写“流弹致死”。难道是战士杀害首长？案件由此在警卫连幸存的 4 人中展开调查。昔日战友，互相指认、说法不一，每人皆有疑点、又皆有不可能证明。战争极端情境下，凶手究竟是谁？历史的伤疤逐渐揭开，软弱、背叛、怀疑、不公正，人性最脆弱的一面集中爆发。生死关头，要自己活命，还是完成使命？影片深入探讨了极端情境下的人性选择问题。

青海省委宣传部　组织

英雄之战

摄制单位：
中国广播艺术团
南京市建邺区委宣传部
北京鼎文兄弟文化传播有限公司

编　　剧：虞军豪　冯　华
导　　演：虞军豪
摄　　影：郭振明
主要演员：陆　毅　何润东　魏　一
侯　勇　午　马　翁　虹

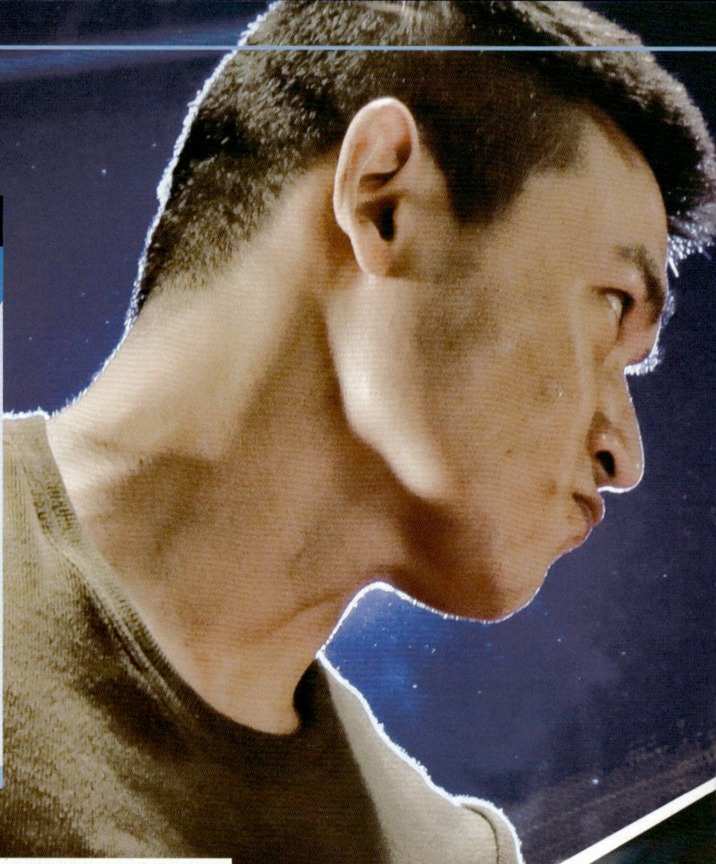

故　事　梗　概

九一八事变后，东北军损失惨重，中国军队在抗日战场上节节败退。为了鼓舞士气，增强人民抗日的信心和勇气，国民政府举办了一场规模空前的运动会。一个是饱经战火洗礼的东北军战士独龙，一个是在国外身经百战却从未得到过公正对待的无冕战神杰森。为了男人的尊严和军人的荣耀，他们被擂台紧紧连在一起，为了争夺冠军而战。两个性情不同、背景各异的男人在赛台上展开搏击，他们互相了解，又势均力敌、各有千秋，使得这场决斗充满悬念。独龙和杰森，这对曾经的敌人、相互欣赏的对手，谁将取得最后的胜利，成为真正的英雄？而擂台下，一个温婉美丽的女子杨婉婷的出现，让三人之间的关系更加复杂难明恨爱交错，不知情归谁属……

第十三届“五个一工程”

中 华 艺 术 之 花

电视剧

TV play

湖南省委宣传部 广东省委宣传部 重庆市委宣传部 组织

毛泽东

摄制单位：
中国电视剧制作中心有限责任公司

编　　剧： 叶　华　全　颖　杨　宏
导　　演： 高希希
摄　　影： 牛明山　袁　华　陆　剑　孙晓亮等
主要演员： 唐国强　侯京健　王伍福　刘　劲　郭连文

故 事 梗 概

本剧以20世纪上半叶中国推翻封建帝制到新中国成立这段波澜壮阔的历史进程为背景，讲述伟大领袖毛泽东求学立志、辗转全国探索救国救民道路，并领导中国共产党开天辟地建立新中国的故事。19世纪末20世纪初，少年毛泽东生活在湖南湘潭韶山冲的一个普通农民家庭，他在慈母严父的呵护教导下成长，完成青少年求学生涯。1920年青年毛泽东在长沙成立共产主义小组，发展党的基层组织。几年后他创建井冈山革命根据地，率领红军粉碎国民党“围剿”，经过长征转战陕北。抗战时期，毛泽东领导敌后抗日根据地成功抵制日军大扫荡，直至日军投降。内战爆发后，毛泽东领导中国人民解放军取得全面胜利，于1949年10月1日成立中华人民共和国，开始了领导全国人民建设新中国的奋斗历程。

中央文献研究室　国家新闻出版广电总局
四川省委宣传部　上海市委宣传部　组织

历史转折中的邓小平

摄制单位：
北京华影文轩影视文化有限公司
中国电视剧制作中心有限责任公司

编　　剧： 张　强　魏　人　龙平平　黄亚洲
导　　演： 吴子牛
摄　　影： 葛利生
主要演员： 马少骅　萨日娜　曾红生

故 事 梗 概

本剧描述了 1976—1984 年邓小平作为中国特色社会主义开创者、总设计师的一段历史，主要从 1976 年毛泽东同志逝世 27 天后开始写起，直到 1984 年 10 月 1 日，邓小平在天安门城楼上检阅国庆游行队伍，游行队伍中的大学生自发地打出代表亿万人民心声的横幅“小平，您好！”为止，期间历经粉碎“四人帮”，结束十年动乱，进行拨乱反正，国家走上改革开放的道路，对中国具有划时代意义。

本剧通过丰富多样的视听语言，塑造了邓小平性格鲜明、血肉丰满、充满人格魅力的人物形象。通过对历史事件的艺术传达、对一代伟人的深切缅怀、对中国改革开放和世界风云变幻的现代性抒写，描绘了当代中国波澜壮阔的大时代、新时代图景，并从中折射出时代的风貌和人性的光辉，以及历史转折时期时代精神辉映下 “人”的历史价值和审美诉求。从艺术创作“典型化”的维度看，作品在主观情思与客观对象的融合中，对人物形象的传神写照有效彰显了其所负载的丰富的审美文化内涵。

上海市委宣传部 浙江省委宣传部 黑龙江省委宣传部 组织

焦裕禄

摄制单位：
上海电影（集团）有限公司
浙江永乐影视制作有限公司

编　　剧： 何香久
导　　演： 李文岐
摄　　影： 葛利生
主要演员： 王洛勇　颜丙燕
王力可　王　静

故 事 梗 概

本剧记述了焦裕禄一生成长与奋斗的人生轨迹。这位人民公仆的青少年时代，有着鲜为人知的传奇经历。命运曾给了焦裕禄令人难以置信的万千磨难，少年丧父、入监坐牢、下煤坑做苦力，背井离乡，受尽了日本侵略者的欺凌和富人的压迫。苦难的洗礼使他成为一个不向命运低头的硬汉。投身革命，他又是一个为人敬佩的能文能武的孤胆英雄，当民兵、参加南下武装工作队、领导土改和清匪反霸，他以大智大勇、大爱大恨谱写了一曲慷慨的英雄壮歌。在特殊的历史时期，他同自然灾害和自己的疾病展开了艰苦卓绝的斗争，直到生命最后一刻。他心里装着人民群众，却唯独没有他自己。他似乎是用共产党员的特殊材料造成的，他的眼睛能看到别人看不到的新生事物，他的耳朵能听到别人听不到的声音，他的嘴巴能说出别人不愿出口的话，他的手专做别人不做的事情。他在兰考县这块多灾多难的大地上，像一阵旋风，突然出现，又突然消失，他给兰考人留下的是思念的眼泪和奋斗不息的火焰。

本剧在挖掘焦裕禄精神内涵的同时注重了焦裕禄精神的时代因素。焦裕禄精神是伴随着时代前行的足音成长的，在历史进程中永远焕发着夺目的光彩。

浙江省委宣传部　组织

温州一家人

摄制单位：
山东影视集团
浙江影视集团等

编　　剧： 高满堂
导　　演： 孔　笙　李　雪
摄　　影： 张开宙　孙墨龙
主要演员： 李立群（中国台湾）　殷　桃　张　译　迟　蓬　靳　东　张佳宁

故事梗概

本剧以一户温州四口之家的命运沉浮，两段各异的人生轨迹，贯穿了改革开放30年的进程，见证了一段高速运转和变化中的当代中国断代史。故事始于20世纪80年代初期，改革开放的春风已经率先吹绿了中国南方，个体经济如雨后春笋般遍地开放，家住瑞安古树村的周万顺召开家庭会议，宣布了一个石破天惊的决定：一是卖掉房子让13岁的女儿阿雨跟随表舅去意大利上学，二是他和媳妇赵银花带着16岁的儿子麦狗闯荡温州城，寻找商机发大财。他的决定断了自己也断了孩子的退路，一家人为此分隔天涯，踏上了不同的道路。女儿阿雨远赴他乡，孤身在异国打拼，历尽商海沉浮，尝尽人间冷暖，终于开创了自己的事业，在遥远的异国他乡赢得了尊重和地位。周万顺和妻子、儿子则走南闯北、居无定所，经过几番起起落落的洗礼，也一步一步向着最初的梦想迈进。近30年间，周万顺一家的人生都因他当初的那个决定发生了翻天覆地的改变，他们所经历的起伏、波折、艰辛、成功，成了一个伟大时代的缩影。

北京市委宣传部　组织

老有所依

摄制单位：
北京鑫宝源影视投资有限公司
完美世界影视文化有限公司

编　　剧： 陈　彦
导　　演： 赵宝刚　侣皓吉吉
摄　　影： 王俊明　谢宝军　王　博　羽凌旭
主要演员： 刘　涛　张　铎　刘　蓓　奚美娟　马迎春

故事梗概

本剧通过呈现3个最具社会代表性家庭的生活百态，以青年人的视角关注“养老”话题，剖析现代青年在“4+2+1”的典型家庭格局中出现的种种问题，以及他们面对和处理困难的心态与方式。全剧围绕江木兰的家庭生活和工作线索展开。作为在北京工作、上有老下有小的独生子女，孝顺且上进的江木兰既是超市的管理骨干，同时背负着沉重的家庭担子。由于父亲需要治疗眼疾，江木兰决定将父亲和爷爷从老家接到北京共同生活，老人不适应大城市生活的种种境遇、工作和家庭的矛盾、经济条件的制约、亲友的不理解，面对一连串问题，江木兰越来越意识到养老问题的严峻性，她用自己的善良、坚韧和聪明，努力化解各种矛盾，尽可能让老人们拥有愉快健康的晚年生活。江木兰父亲带动周围的老人们搬进养老院，带领大家做游戏、读书、唱戏、搞兴趣小组，积极乐观面对生活，以健康的心态与子女相处；江木兰受到父亲感染，利用业余时间做义工，投入到为更多老人服务的工作中去，并号召全社会关注养老关爱老年人。

中直工委　北京市委宣传部
重庆市委宣传部　福建省委宣传部　组织

原　乡

摄制单位：
北京国立常升影视文化传播有限公司

编　　剧： 陈文贵（中国台湾）
导　　演： 张国立　罗长安（中国台湾）
摄　　影： 宋　伟　贾　旭
主要演员： 张国立　陈宝国　奚美娟

故 事 梗 概

惨烈的八年抗战结束，随之而来的是国共两党阋墙之争。国民党逃亡台湾岛，也让许多戎马在外的游子远离了家乡和父母，遥望故乡，唯有泪千行。路根生便是这百万退到海岛的老兵中的一员，他们匆匆离开，没有等到“反攻大陆”的时刻，反而在陌生的土地被迫扎根。许多年来根生在江西的结发妻茶嫂都不知丈夫的死活，他有心回家，但高压的政治环境让他和伙伴们动弹不得。曾经血气方刚的老兵陆长功如今是警总官员，却反过来监视老兵的一举一动，防止他们有任何企图叛逃“匪区”的僭越之举。所谓的“荣民”，没有一丝光荣可言，心中的酸楚只有自家清楚。

娘盼儿归，浅浅的海峡怎么就阻隔了数十年的回家之路啊……

天津市委宣传部　组织

寻　路

摄制单位：
天津市委宣传部
中央电视台
天津广播电视台

编　　剧： 王朝柱
导　　演： 张多福　刘　娟
摄　　像： 吕杏武　于长江
主要演员： 许铂岑　刘　劲　赵　凯
马晓伟　黄俊鹏

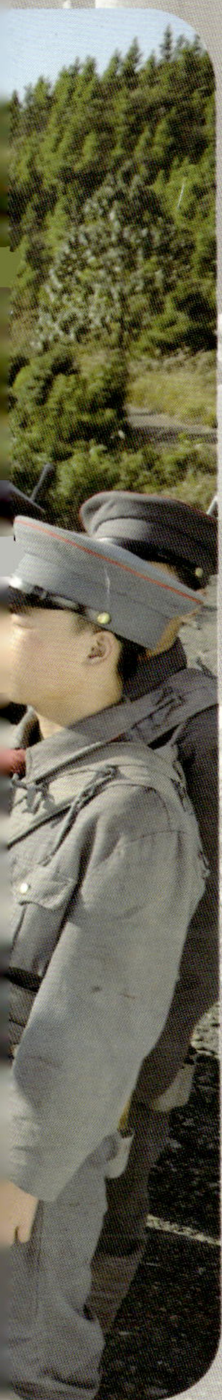

故 事 梗 概

本剧以革命史诗风格，真实生动展现了自1927年四一二大屠杀至1932年10月宁都会议5年间，毛泽东和他的战友们在中国革命的重大历史转折点，坚持从中国革命的实际出发，于风雨逆境中上下求索，历经千难万险，九死一生，终于为中国革命闯出了“农村包围城市，武装夺取政权”的伟大之路。同时表现了周恩来领导下的中共地下党在国统区建立隐蔽战线，与敌对势力斗智斗勇的较量。本剧热情讴歌了毛泽东、朱德、周恩来等老一辈革命家的崇高精神，深情赞颂了蔡和森、恽代英、罗亦农、彭湃等一批革命先烈宁死不屈的牺牲精神，对教条主义、宗派主义以及腐化堕落、叛党变节分子进行了鞭挞和批判。

剧中生动再现了四一二大屠杀、秋收起义、三湾改编、井冈山会师、黄洋界大捷、古田会议、三次反“围剿”胜利等重大历史事件，全面、准确、深刻地讲述了在大革命失败后的血雨腥风和漫漫征程中，共产党人苦苦探寻中国革命道路的曲折历程，挖掘和提炼了“寻路”的重大主题，深刻揭示了历史为什么会选择中国共产党、中国共产党为什么会选择毛泽东、中国革命为什么会选择农村包围城市这一道路的历史必然，从而进一步激发广大人民群众更加坚定中国共产党领导的决心和信念。

江苏省委宣传部　组织

推　拿

摄制单位：
江苏省委宣传部
南京市委宣传部
北京禾谷川影视文化传媒有限公司
浙江华策影视股份有限公司
北京久和成文化传媒有限公司
南京广播电视集团

编　　剧：陈　枰
导　　演：康洪雷
摄　　影：梁剑伟　宋德华
主要演员：濮存昕　李菁菁　张国强
刘威葳　高亚麟

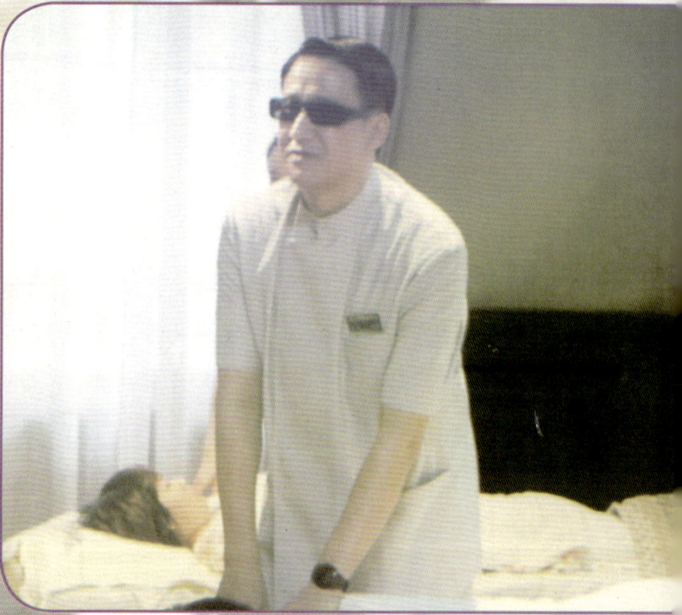

故 事 梗 概

“沙宗琪推拿院”由盲人沙复明和一眼明一眼盲的张宗琪创立。全盲的沙复明将多年打拼得来的积蓄悉数交给张宗琪打理。股市变化时，张宗琪瞒着沙复明在股市运作，在达到自己目的的同时，张宗琪劝说沙复明合开了这家推拿院。推拿大师沙复明负责技术，精于算计的张宗琪负责行政，推拿院貌似有条不紊地运作着。

失恋的芒来，理想化的小马，想拥有一家自己店的王泉，追逐爱情的孔佳玉、金嫣，要证明自己的都红等一行人云集推拿院，为沙复明带来了一堆甜蜜的烦恼。而此时的张宗琪借着明眼人的优势，继续盘剥着推拿院的小小利润。

沙复明眼盲心明，在艰难应对时，柔弱的崔云出现在他的身边，为他带来身心的温暖和更大的前进动力。

然而，推拿院的内忧外患渐渐加剧，沙复明的身体再也不堪重负，崔云也被迫离开了……

本剧聚焦盲人推拿师这一特殊群体，展现他们的喜怒哀乐。剧中濮存昕、张国强、李菁菁、刘威葳、高亚麟等人所扮演的角色在经历了风风雨雨之后，最终收获了各自的爱情与幸福，在重新营业的“沙复明推拿院”实现团圆。

广东省委宣传部　组织

有你才幸福

摄制单位：
中央电视台电视剧制作中心
上海春暖花开影视文化传媒有限公司
上海电影集团公司

编　　剧：陈　枰　王　伟
导　　演：王　瑞
摄　　影：王　卓　蒋向伟
主要演员：李雪健　陶慧敏　李　歌
海一天　李　娜

故　事　梗　概

60岁的祺瑞年遭遇人生困境，老房子拆迁，老伴身患绝症离他而去。他揣着一笔拆迁款被抛到了人生的十字路口上。儿媳妇和姑爷为了得到这笔钱明争暗斗，搅得鸡犬不宁。祺瑞年在跟儿子生活期间，因为不一样的价值观和生活习惯，儿媳妇跟他闹出很多矛盾，儿子夹在中间两头受气。祺瑞年明白了，生活是一个学习和适应的过程，人要活到老学到老，学习不是一时的而是一世的。

祺瑞年是个京剧票友，去公园唱戏的时候，认识了同样丧偶的宋茹君，随着交往，两人逐渐产生了感情。儿子认为父亲爱别的女人是背叛母亲。儿媳妇认为宋茹君跟祺瑞年好，完全是为了他口袋里的那笔拆迁款。祺瑞年的黄昏恋在家里引起了轩然大波……

河北省委宣传部　组织

先遣连

摄制单位：
河北省委宣传部
兰州军区政治部电视艺术中心

编　　剧： 公丕才　王喜民　田耀斌
导　　演： 陈立军　于永刚
摄　　影： 刘晓明　孙卫东　仲伟会
主要演员： 王千源　王新军　孙　涛

故 事 梗 概

1950 年 2 月，遵照毛泽东主席“解放西藏宜早不宜迟”的伟大号令，新疆军区独立骑兵师抽调汉、蒙、回、藏、维吾尔、哈萨克、锡伯等 7 个民族 136 人组成的进藏先遣连，经过近 6 个月的选调、学习和物资准备，于 1950 年 8 月 1 日从新疆于阗普鲁村出发，向西藏进军。他们以惊人的毅力，横跨昆仑，跋涉一千多公里，胜利到达藏北高原及阿里地区，用鲜血和生命谱写了一曲中国人民解放军的英雄赞歌。

本剧题材独特，气势磅礴，洋溢着爱国主义、理想主义和革命英雄主义激情，既有厚重的历史感，又有强烈的现实意义！

辽宁省委宣传部　组织

大路上

摄制单位：
中国电影股份有限公司
沈阳市委宣传部
沈阳市铁西区委区政府

编　　剧： 商国华　牛伯成
导　　演： 沈好放　马丽珠
摄　　影： 于小群
主要演员： 何政军　曹　磊　王　骁
林　静　陈思斯

故 事 梗 概

本剧以党中央、国务院实施东北地区等老工业基地振兴战略为背景，以沈阳国有大型工业企业迎难而上、重振雄风的奋斗历程为主线，通过宏阔的叙事手法和细致的人物形象刻画，全景展示了在中央和辽宁省委的正确领导下，沈阳及铁西老工业基地励精图治、走向全面振兴的壮美画卷，讴歌了新中国历代产业工人自强不息、拼搏进取的优秀品质。本剧在沈阳北方重工集团盾构机公司进行现场拍摄，讲述了铁西区特大型国有工业企业在厂长徐光汉带领下克服工人下岗、企业亏损、民企不正当竞争、国内外经济形势影响等不利因素，坚持艰苦朴素、自力更生、技术创新、自主研发，走出了一条国企改革振兴的辉煌大路。

陕西省委宣传部　重庆市委宣传部　组织

聂荣臻

摄制单位：
陕西省委宣传部
西部电影集团有限公司等

编　　剧： 陶　纯　陈怀国
导　　演： 周友朝
摄　　影： 李　欢　杜　彬
主要演员： 林永健　齐　欢　墨　阳　高海鹏　杨紫嫣

故 事 梗 概

1925 年秋，聂荣臻结束留学生活回到祖国，在黄埔军校担任政治部秘书等职，开始其戎马生涯。中共中央成立军事部，聂荣臻竭力协助周恩来工作。1929 年他和党的地下交通员张瑞华结婚，两年后被调到上海“特科”工作，“特科”负责人顾顺章叛变，聂荣臻协助周恩来紧急处置了这一关系上海党中央生死存亡的重大事件。之后担任了红一军团政治委员，和林彪率红一军团歼敌数万。抗战爆发，以红一军团为主改编而成的八路军 115 师取得平型关大捷。日军占领太原，聂荣臻创建晋察冀敌后抗日根据地。解放战争时期，聂荣臻率部“三战三捷”，扭转战局。平津战役中，聂荣臻和林彪、罗荣桓组成平津战役总前委，聂荣臻适时提出和平解放北平的想法，获得中央的同意。北平和平解放，中央从西柏坡迁往北平，聂荣臻身兼数职。全国解放，中央提出研发原子弹的想法，聂荣臻积极成立国防部五院。经过艰辛努力，中国第一颗原子弹成功爆响，与此同时，他还主持中国第一艘核潜艇建造和第一颗卫星研制工作。“文化大革命”时期，聂荣臻想方设法保护知识分子和科学家，亲自主持第一颗氢弹试验，为我国人民解放和国防军事现代化作出了重大贡献。

江苏省委宣传部　组织

青果巷

摄制单位：

中央电视台

常州市委宣传部

常州广播电视台

江苏亚细亚影视

编　　剧：于　川

导　　演：徐　耿

摄　　影：尚志强

主要演员：何政军　王力可

朱　琳　王志华

故事梗概

在城市发展的大潮中如何保护青果巷这条历史名巷，是摆在古城延陵人民面前的一个严肃课题。本剧是一部以江南为背景、反映在城市文化建设的大潮中，一群有识之士为保护历史文化名巷青果巷所作出的种种努力、付出和奉献，着重展现了具有500余年历史的“江南第一名巷”青果巷深厚的历史文化底蕴和当代风貌，更着意刻画了“厚德载物”的人文精神，展示的是一幅当代欣欣向荣、朝气蓬勃的壮美诗篇和画卷。

云南省委宣传部　安徽省委宣传部　组织

杨善洲

摄制单位：
云南省委宣传部
中央电视台
浙江天光地影影视制作有限公司

编　　剧：石　零
导　　演：张绍林
摄　　影：李国强
主要演员：刘佩琦　丁柳元
娜仁花　柏　青

故事梗概

杨善洲同志是全国敬业奉献模范，他生前曾任云南省保山地委书记，为官多年，始终保持艰苦奋斗本色，母亲、妻子和3个女儿一直在乡下生活。他退休后主动放弃进省城安享晚年的机会，扎根施甸县大亮山兴办林场，义务植树造林，一干就是22个春秋。2010年10月，他在病逝前将5.6万亩、价值3亿元的林场无偿上交给国家。杨善洲同志给历史、给民族、给子孙留下的不仅仅是一片绿荫，更是一种淡泊名利的奉献精神、一种大公无私的人生信仰、一种情系民众心系国家的高尚情怀。

本剧运用独特的视角、艺术的形式，塑造了一个永远把人民群众利益置于个人利益之前的领导干部形象，讴歌了以杨善洲为代表的当代共产党人恪守信念、清正廉洁、艰苦朴素、一心为民的高尚情操。该剧从省城女作家叶紫到大亮山林场去采访杨善洲老书记起始。因杨书记提前一天上山种树而未遇，叶紫便采访了同车来的原是老书记部下的赵副省长，由此引出了一系列令人无限感慨的杨善洲老书记的往事……

山东省委宣传部　组织

父母爱情

摄制单位：
新丽电视文化投资有限公司
山东影视集团

编　　剧：刘　静
导　　演：孔　笙
摄　　影：郭增友　史成业
主要演员：郭　涛　梅　婷　刘　琳
任　帅　张　延　杨立新

故事梗概

青岛某海军炮校，肖校长和妻子扬涛为军官举办婚介舞会，两人一心想为大龄军官们解决个人婚配问题。海军军官江德福深受肖校长器重，在肖校长夫妇的引见下，江德福在舞会上认识了年轻漂亮的安杰，并对她心生爱慕。而面对大老粗似的江德福，安杰却一点感觉都没有。由于安杰家庭成分不好，全家人屡次受到江德福的帮助，安杰渐渐发现了貌似粗犷的江德福其实是个机智、可爱的男人，她逐渐接受了江德福的情感，两人结为夫妻。江德福和安杰夫妻共同克服了出身的差异、文化程度的悬殊、生活环境的恶劣以及特殊时期的生存困境，抚养着5个孩子，共同走过了风风雨雨的几十年。孩子们长大成人，步入老年的江德福和安杰回首往事，觉得能携手度此一生是无比幸福的事情。

云南省委宣传部　组织

木府风云

摄制单位：
云南润视荣光影业制作有限公司

编　　剧：王　倦
导　　演：于荣光
摄　　影：蒋继正
主要演员：于荣光　秋瓷炫（韩国）
朱晓渔　潘　虹
宋运成

故事梗概

本剧以明代云南丽江木氏土司家族风云变幻为主线，生动展现罗氏宁、木隆、木增、木坤、阿勒邱、阿照等人的情感纠葛，全景铺陈木府内外盘根错节、复杂多变的恩怨情仇，充分表现了清丽女子阿勒邱放弃私仇真诚化解家族危机、努力守候民族家园的仁德大义，热情赞颂了人性深处真爱善良、热爱和平的美好情感以及追求净土般美丽幸福的美好愿望，深刻表现了促进民族团结和谐进步的永恒主题，对当今消除社会矛盾、促进民族团结、构建和谐社会具有深刻的现实意义和价值引领作用。

河南省委宣传部　国家新闻出版广电总局　组织

大河儿女

摄制单位：
中国电视剧制作中心有限责任公司
河南电视传媒发展有限公司

编　　剧：高满堂　王少华
导　　演：安　健
摄　　影：江兆文
主要演员：陈宝国　赵　君　李小冉
张歆艺　印小天

故　事　梗　概

本剧从 20 世纪 20 年代开始直至抗战结束，讲述了以中原钧瓷手艺人贺焰生、叶鼎三为代表的一群朴实无华的河南人，在那个黑暗混沌的年代，如何与命运抗争的传奇故事。

本剧以贺、叶两个家族的走向为基础，将剧中每个人物的命运与国家、民族的命运高度融合，紧紧相连。以间断式集中体现的艺术手法，展现了中原文化的“大忠、大义、大德、大爱”。塑造和讴歌了一群普普通通、踏踏实实、不畏艰险、侠肝义胆、包容宽厚、忍辱负重、自强自尊、能拼会赢的河南人的众生相。

河北省委宣传部　公安部　国家新闻出版广电总局　组织

营盘镇警事

摄制单位：

中国电视剧制作中心有限责任公司

公安部金盾影视文化中心

河北省公安厅

编　　剧： 公金盾　牛力军　刘　光

导　　演： 马　进

摄　　像： 谢　颖　简　文

主要演员： 张嘉译　郭京飞

丁海峰　王　笛

故事梗概

本剧根据河北省枣强县大营镇派出所所长、二级英模范党育同志生前事迹创作。范党育在大营镇干了 20 多年，当了 10 年派出所所长，特别能调解矛盾纠纷，再棘手的事情，再复杂的纠纷，只要他一出马，就能够化干戈为玉帛。上级决定将派出所与刑警中队合并，升格为分局，希望范党育与刑警队长赵光明竞争岗位，二人平日既有竞争、分歧，又时常高度默契地密切合作，处理了一个又一个事件和案件。当所有人都认为新局长非范党育莫属时，一封匿名信使党育错失良机，赵光明走马上任为局长。不久，党育又在解决一场长达十几年的家族纠纷中，因一起命案而招致受贿的诬陷，被拘禁审查，好不容易才洗清名誉。面对命运的陡变，党育从失落、委屈，到重新认识自己，重新定位，甘愿留下来成为赵光明的得力助手。公安分局的新大楼也已落成，新的工作新的生活即将展开，党育却在这时心脏病突发，猝然离世。

重庆市委宣传部　解放军总政治部　组织

刘伯承元帅

摄制单位：
八一电影制片厂
重庆广播电视集团（总台）
解放军总后勤部电视艺术中心
北京中视线文化传媒公司

编　　剧： 傅建文　尹东鸿
导　　演： 张玉中
摄　　影： 强　军
主要演员： 刘之冰　王　嘉　王　辉
史　鑫　梁春书

故事梗概

本剧以刘伯承元帅出生入死的戎马生涯为主线，生动地展示了刘帅超凡的军事指挥艺术、深厚的军事理论造诣、过人的英雄胆略和伟大的人格魅力，热情地讴歌了刘帅为中华民族的自由和解放，征战沙场、九死一生的牺牲精神和英雄气概。

刘伯承元帅戎马一生，本剧精心撷取其中的华彩乐章和最能表现他卓越军事才华的重要战役，浓墨重彩地进行渲染：革命初期领导泸顺起义、襄助八一南昌起义；红军时期智取遵义、强渡大渡河、巧过彝族区；抗战时期奇袭阳明堡、伏击神头岭、巧胜七亘村、强攻响堂铺；解放战争时期发起上党战役、千里跃进大别山、指挥淮海战役、席卷大西南，直至新中国成立后创办人民解放军军事学院。全剧以这些史实为线索，行云流水般地叙述了“常胜将军”刘伯承为缔造人民军队、建立新中国所立下的不朽功勋。

黑龙江省委宣传部 辽宁省委宣传部 组织

闯关东前传

摄制单位：
黑龙江龙视文化传媒集团

编　　剧： 高满堂　刘跃利　杨北星
导　　演： 王　滨
摄　　影： 董崇军　李心正
主要演员： 于小伟　阎学晶　赵　毅

故 事 梗 概

本剧以 20 世纪上半叶中国多灾多难的动荡时代为背景，以管家三兄妹“闯关东”的人生际遇、情感变迁为线索，讲述了关于家国责任、情感道义、青春热血的传奇故事，生动刻画了黑土先民用勤劳勇敢创建家园，以生命热血保卫国土的开拓进取精神和爱国主义情怀，诠释了东北人民独有的自强不息、勇于开拓、宽厚包容、忠贞爱国的“闯关东精神”的丰富内涵。

本剧剧情跌宕起伏，节奏张弛有度。人物塑造鲜活生动，个性鲜明，主要人物和次要人物个个刻画得有血有肉，人物关系勾连匠心独具，戏剧张力饱满丰富。全部实景拍摄，艺术格调质朴、浑厚、大气，洋溢浓厚的关东风情，画面极具独特的美感，是一部思想性、艺术性和观赏性完美结合的优秀影视作品。

浙江省委宣传部　组织

国家命运

摄制单位：
浙江华策影视股份有限公司
解放军总装备部电视艺术中心
北京天星亿源影视文化传播有限公司
中国电视剧制作中心有限责任公司

编　　剧：陈怀国　陶　纯
导　　演：延　艺
摄　　像：白　林　徐蔚东
主要演员：胡亚捷　刘　劲　谢　钢

故事梗概

新中国成立不久，朝鲜战争爆发。随着中国人民志愿军赴朝作战，美国计划对中国实施核打击。毛泽东、周恩来等中国第一代领导人决定发展原子弹、导弹等尖端武器。钱学森、邓稼先等大批科学家毅然归国，投身这一关系国家命运的秘密事业之中。面临西方打压，苏联撤走专家，国内三年自然灾害等重重困难，新中国第一代领导集体和众多科学家、工程技术人员和解放军指战员自力更生、发愤图强，在较短时间内，成功研制出原子弹、氢弹和导弹，继而成功研制、发射我国第一颗人造地球卫星。“两弹一星”的成功，奠定了我国在国际舞台上的大国地位，展示了中华民族的智慧和不屈不挠的奋斗精神。

D F
YCGE4

上海市委宣传部　组织

陈　云

摄制单位：
中国电视剧制作中心有限责任公司
北京五洲星云文化发展有限公司

编　　剧： 张光荣
导　　演： 金　韬
摄　　影： 顾克利　曹茂柱
主要演员： 谢　刚　李雪峰　刘　劲
王　霙　卢　奇

故 事 梗 概

本剧是以陈云同志卓越一生为蓝本，展现陈云同志 70 年革命生涯的人物传记电视剧。陈云同志在土地革命、抗日战争和解放战争中，先后担任党和军队的重要领导职务，他不畏艰险，勇挑重担，精心谋划，勤奋工作，为党中央和毛泽东同志制定了一系列重要战略决策，为新民主主义革命的胜利和新中国的诞生，立下了不朽功勋。新中国成立后，陈云同志成为党的第一代领导集体的重要成员。他长期主持全国财政经济工作，为国家社会主义工业化和社会主义经济建设的开创和奠基，作出了卓越贡献。在新时期中国特色社会主义蓬勃发展的伟大进程中，陈云同志是党的第二代领导集体的核心成员，他以无产阶级革命家的胆略、气魄和高超的政治智慧，为党的建设、国家的富强和民族的复兴建立了光辉业绩。

新疆维吾尔自治区党委宣传部　组织

阿娜尔罕

摄制单位：
新疆维吾尔自治区文化厅
吐鲁番地委行署
新疆大森文化传播有限公司

编　　剧： 程万里　兰小宁　阎清秀
导　　演： 阎清秀　于德安
摄　　影： 梁盛泓　王　亮
主要演员： 迪丽热巴·迪力木拉提　吐尔洪·依明
阿卜力克木·阿卜来提　尼加提·吐尔逊

故 事 梗 概

本剧真实地再现了 20 世纪新疆和平解放前后，新疆各族人民在中国共产党的领导下，浴血奋战，推翻各种反动势力压迫，翻身得解放，从黑暗走向光明的历史画卷，真实感人。

故事发生在新疆和平解放前后。在贫穷落后的南疆乡村，美丽善良的维吾尔少女阿娜尔罕与淳朴勇敢的小伙子库尔班彼此爱慕。横行乡里的大地主乌斯曼伯克，为了向本地区的最高统治者伊明专员邀功献媚，打算把阿娜尔罕献给伊明做小妾。阿娜尔罕不愿屈从，却招致乌斯曼的残酷迫害，家破人亡。解放军进军新疆，给在生死线上苦苦挣扎的劳苦大众带来了翻身做主人的希望。但是以伊明专员为首的旧制度恶势力集团，不甘心失去自己的权势地位，他们勾结以玛莎督察为代表的外国势力，负隅顽抗，妄图推翻新生的人民政权。在解放军、工作队的坚强带领下，库尔班、阿娜尔罕和乡亲们，同曾经不可一世的压迫者进行了一次次的斗争，用热情、汗水甚至鲜血，捍卫人民政权，迎来崭新的生活和命运。

吉林省委宣传部　组织

我的土地我的家

摄制单位：
吉林影视剧制作集团

编　　剧： 谭文峰　尹江春
导　　演： 杨　晶
摄　　影： 杨　凯
主要演员： 张洪杰　霍亚明　江佳奇
由　力　关小平

故事梗概

本剧以1978年土地承包到户至今天为背景，描述了30年来农村改革开放的历程。以农民张老栓一家人的恩怨纠葛故事为缩影，本剧讲述了农村和农民在改革开放的历史背景下，由贫穷走向富裕，由保守走向开放，与贫穷落后抗争的命运故事。正面反映改革开放给农村和农民带来的巨大变化和从生活到思想发生的巨大变革。塑造了张老栓、张二粮等热爱土地，对土地充满感情，始终坚守在土地上的农民形象。通过对父亲、儿子、孙辈三代农民对土地的热爱和眷恋，以他们作为中国农村社会变革和家庭变革的缩影，深情歌颂了所有热爱土地的农民。

粮模范户

山西省委宣传部　组织

幸福生活万年长

摄制单位：
中央电视台
山西省委宣传部
山西影视（集团）有限责任公司
山西电影制片厂
山西广电影视艺术传媒有限公司

编　　剧：牛建荣
导　　演：牛建荣
摄　　影：谢戬峰　郭　圣
主要演员：邵　峰　李菁菁　田孟原
霍泥芳　虞　路

故 事 梗 概

母亲河边的古镇上住着万跃进一家，老万在退居二线后，为了让古镇的环境更加优美，承担起了县里下达的垃圾清洁工作，把比较轻松的植树造林工作留给了年轻的书记马彦芳，老万的妻子范跃进、女儿万改改、儿子万开开、儿媳莉莉和亲家曾淑平都在古镇这一场环保大战中扮演了不同类型的角色，引发了许多有趣的故事。老万战胜不断出现的困难，与书记马彦芳一起漂亮地完成了县里“植树造林，清洁垃圾，保护母亲河，建设新农村”的任务，得到了县里领导的认同。年轻的书记马彦芳也因为老万的推荐得到了县里的提升，老万则回家享受天伦之乐。古镇的环境经过老万一年以来的不懈努力，山更绿、天更蓝、水更清。老万家也在这一年喜事连连，儿子大婚、女儿出嫁、亲家再婚和孙子出生，幸福生活万年长。

解放军总政治部　组织

火蓝刀锋

摄制单位：
北京星梦工场文化传媒有限公司

编　　剧：冯　骥　徐　速
导　　演：张国庆
摄　　像：俞　波　迟云祥
主要演员：杨志刚　赫子铭　王　强
宋佳伦　刘　硕

故 事 梗 概

海军陆战旅招收了一批身怀绝技的社会青年入伍到陆战旅侦察大队，这些性格迥异、个性鲜明的新兵在经历被称为海军“兽营”的魔鬼式训练、军事比武对决、参加国际侦察兵竞赛等等严酷现实的考验中，在前辈的执着教诲流血牺牲的刀锋精神和当代革命军人核心价值观的培养感召下，他们逐步从一名社会青年历练成长为名副其实的海军陆战队刀锋战士。同时，在与海盗生死搏斗、解救人质、保护国家文物财产的斗争中，他们斗智斗勇、战之必胜，实现了“把最后一滴鲜血流进祖国的大海”的铮铮誓言，实现了把追求个人理想奋斗融入祖国民族荣辱尊严和军人的职责使命担当的情怀之中。在军营的大熔炉里，他们展示着军人的情感和浪漫，收获了属于他们自己的真挚爱情。

云南省委宣传部　国家民委　组织

茶　颂

摄制单位：
中国民族音像出版社
云南省普洱市委市政府
大理州委州政府
普洱市锦辉集团公司

编　　剧： 景　宜
导　　演： 王文杰
摄　　影： 谢宝军　高向东
主要演员： 罗　钢　王力可　杨紫彤
陈逸恒　刘金山

故事梗概

本剧以宏大的史诗叙事纵览了从鸦片战争爆发后，到20世纪初中国茶政百年的风云，故事情节跌宕起伏，历史画面波澜壮阔，通过西南茶政史段子苴父子大起大落的命运，和女首领南波娅的爱国情怀，满族姑娘乌云珠对爱情的忠贞与追求，折射出西南少数民族的生存智慧和崇高的民族气节。

全剧层次多彩的场景再现了中华茶文化源远流长的历史，与追求和谐精神的传统美德。剧中茶礼茶宴、民情风俗、民族歌舞，与故事情节、人物命运交相辉映，构成了一部具有丰富历史内涵的中国文化大片，被称为“中国茶史第一剧”。

中华艺术之花

江西省委宣传部　贵州省委宣传部　组织

领　袖

摄制单位：
上海东方传媒集团有限公司

编　　剧： 邵钧林
导　　演： 石　伟
摄　　影： 崔新平
主要演员： 王　霙　温峥嵘
郭广平　洪　涛

故 事 梗 概

1933年新年伊始，蒋介石倾兵百万对苏区发起第五次“围剿”。王明赴苏联前指定的中共负责人博古请来了一位德国军事顾问李德，从根本上否定了毛泽东提出的游击战和运动战，制定了“御敌于国门之外”的错误军事策略，厄运从此降临中央苏区。首战黎川失守，红军节节失利，国民党军队进行了一轮又一轮对中央苏区的“围剿”，中央苏区和中国革命处于危亡之秋，最终决定被迫进行战略大转移。长征路上，两种军事路线始终在实践中斗争，毛泽东提出的一系列颇有成效的战术让红军逐渐摆脱被动局面，多次取得战斗的胜利，赢得了红军的军心、重塑了革命的信心。在这个过程中，毛泽东的正确思想和战略战术得到了越来越多人的理解和支持，直到遵义会议后，确立了以毛泽东为首的领袖集体，带领红军走上了一条正确的革命道路，中央红军取得了战略转移中的决定性胜利。冬去春来，山花浪漫。毛泽东、周恩来、朱德、刘少奇、邓小平、陈云等人登上山巅，俯瞰群山，一代领袖信步而行，走向中国革命胜利的光辉道路。

中国文联　组织

我的故乡晋察冀

摄制单位：
河北影视集团有限公司

编　　剧： 周振天
导　　演： 马玉辉
摄　　影： 林家良
主要演员： 孙　涛　齐　芳　魏积安
闫学晶　杜旭东

故 事 梗 概

剧情以晋察冀抗日根据地史实为大背景，以保定山货店伙计耿三七去陕北送货路上遇险被八路军搭救从而加入抗日队伍为故事发端，讲述了耿三七以他在江湖生意场上练就的机智和鬼点子屡屡挫败日伪军的生动经历。本剧还讲述了燕京女大学生赵燕，阜平山区姑娘崔秀梅先后在耿三七危机当头时的出现，都始料不及地改变了他的生死命运和情感走向。在残酷的战争中，耿三七亲身感受到晋察冀老百姓以身家性命倾情跟着共产党、支援八路军相濡以沫的大情大爱，使原本一直惦记着回家做生意的耿三七终于成长为一名有着坚定信仰的八路军指挥员。

本剧从平型关大捷开篇，到开国大典剧终，主人公和晋察冀老百姓 12 年的浴血奋战和情感历程惊天地、泣鬼神，荡气回肠。

八路

西藏自治区党委宣传部　组织

西藏秘密

摄制单位：

西藏自治区党委宣传部

西藏电视台

北京品众佳艺文化传播有限公司

中央电视台电视剧管理中心

编　　剧： 刘德濒

导　　演： 刘德濒　刘雪松

摄　　影： 梁　萌　胡晓利

主要演员： 郭晓冬　沈傲君

曹炳琨　多布杰

故事梗概

本剧讲述了以4个西藏贵族家庭自20世纪30年代中期到50年代末的历史变迁为主轴，围绕进步、爱国人士扎西顿珠这一核心人物，以藏人说藏事的方式，展现旧西藏种种鲜为人知的日常生活原貌，揭示农奴们毫无人权的悲惨生活，三大领主的剥削本性。

扎西是一个机智狂傲的云游僧人，十三世达赖喇嘛圆寂之后，老噶伦德勒被政治对手仁钦害得家败人亡。扎西因与德勒的儿子相貌极其相似而成为其替身，仁钦对扎西的身份将信将疑，他使用各种手段刺探扎西的虚实。扎西在“妻子”德吉和妹婿土登格勒的帮助下，每次都化险为夷。而西藏的命运也在不久后发生了翻天覆地的变化……

第十三届“五个一工程”

中 华 艺 术 之 花

戏 剧

Drama

河南省委宣传部　组织

焦裕禄

◎豫剧

演出单位：
河南豫剧院三团

编　　剧：姚金成　何中兴
导　　演：张　平　张俊杰
舞美设计：章抗美
主要演员：贾文龙　蒿红伟　陈清华
李书奇　陈秀兰

故 事 梗 概

本剧选取了“火车站礼送灾民”“瓦窑村访贤举才”“买粮救荒”“带病抗洪抢险”“痛斥浮夸风”等几个典型故事，通过跌宕起伏的戏剧冲突，展现了焦裕禄“亲民、求实、奋斗、无私”的公仆情怀和崇高品质，同时也生动体现了他爱民、为民、亲民的悲悯情怀，塑造出一个平实、真实、可亲、可敬的县委书记的形象。使人们从熟悉的英雄人物身上，感受到了一种新的审美震撼，看到了与当今时代精神共通共鸣的亮点。

辽宁省委宣传部　组织

将军道

◎京剧

演出单位：
沈阳演艺集团
沈阳京剧院

编　　剧：吕育忠　罗　周
导　　演：杨小青　段建平
舞美设计：胡　佐　叶瑞芳
主要演员：常　东　张宏伟　陈　阳

故 事 梗 概

公元前 224 年，秦王嬴政不纳老将王翦之言，遣李信将兵 20 万击楚，秦军大败。为图一统，嬴政亲临频阳，恳请解甲归田的王翦出山掌兵。王翦率领倾国之兵伐楚之时，嬴政担心王翦萌生异志，遂迎娶王翦之女以为挟制。面对战事成败、君王疑虑、亲人安危，王翦从容挥洒，以无比的智慧、勇气与忠诚，成就了慷慨伟烈的将军之道……

浙江省委宣传部　组织

我的娘姨我的娘

◎越剧

演出单位：
浙江越剧团

编　　剧：余青峰
导　　演：卢　昂
舞美设计：刘科栋
主要演员：王滨梅　谢莉莉　华渭强
李海明　朱汉奇

故事梗概

她，是一个偏僻海岛上的女医生。起先，是为产妇接生，后来，什么病都看，因为，岛上没有第二个医生。

她，并没有高明的医术，也没有什么研究成果。但她有一双温暖的手，和一颗悲悯的心。这双手，这颗心，呵护着岛上的生命，四十年如一日，潮涨潮落，风雨无阻。

她叫吴玉梅。

然而，岛上的人们都叫她娘姨，男女老少都这么叫。

娘姨，是母亲的姐妹，也有女用人的意思。是的，她更像个女用人，一个把病人当亲人的女用人。

其实，娘姨很难。由于交通不便，岛上没有医生愿意来。弟弟要治疗，女儿要上学，家人要团聚，亲情要眷顾，她可以无数次离开海岛，但她留下来了。

她留下来，因为还有一个永生难解的心结……

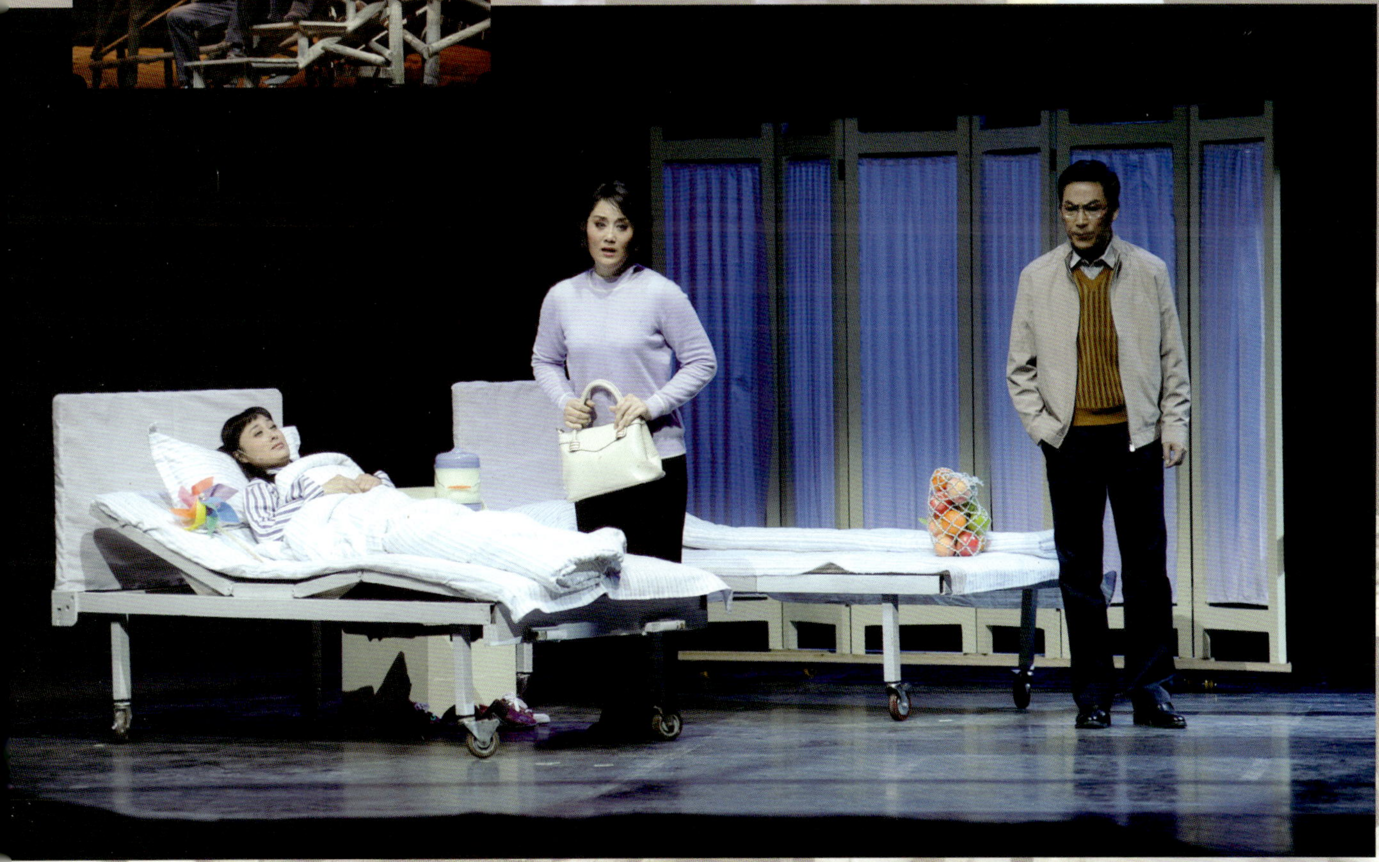

河北省委宣传部　组织

六世班禅

◎河北梆子

演出单位：
河北省河北梆子剧院演艺有限公司

编　　剧： 孙德民
导　　演： 曹其敬
舞美设计： 罗江涛
主要演员： 邱瑞德　刘凤岭

故事梗概

本剧所描绘的是中华民族关系史上激动人心的一页。那是 1779 年（清乾隆四十四年）7 月，第六世班禅额尔德尼为了维护民族统一，带领近 3000 僧侣从后藏扎什伦布寺启程，翻越茫茫的雪山，横穿浩瀚的沙漠，走过荒蛮的草原，舟渡滚滚的黄河，历时一年有余，行程两万多里，不畏艰险最终来到前往热河避暑山庄，为乾隆皇帝恭祝七十大寿。乾隆十分感激，并声称大清朝廷永远是西藏的坚固屏障！

湖北省委宣传部 组织

宇宙锋

◎汉剧

演出单位：
武汉汉剧院

编　　剧： 郑怀兴
导　　演： 石玉昆
舞美设计： 赵国良
主要演员： 王　荔

故 事 梗 概

秦朝太师赵高妄图钳制众口，独揽大权，在朝中制造了一场指鹿为马的闹剧，不料遭到丞相匡洪的反对。匡洪因得先帝特赐宝剑“宇宙锋”而拥有先斩后奏的大权。赵高为了消除异己，拉拢匡洪，采纳亲信康建业之计，请旨联姻，把女儿赵艳蓉嫁入匡门。谁料匡洪并不买账，依然不肯与赵高同流合污。赵高便设计盗取“宇宙锋”宝剑，制造冤狱，陷害匡洪一家，并把赵艳蓉接回家来，准备献入后宫，由此更获秦二世之宠，得到御赐宝剑“宇宙锋”。本剧在保留传统精华的同时，着重刻画了赵艳蓉如何从乖乖女转变成为叛逆者的心路历程。她始则屈从父命，嫁入匡门，受尽委屈，但在逐步得悉其父阴谋之后觉醒过来，不得不毅然以装疯的形式来反抗父亲与秦二世，最终勇敢地冲出牢笼，踏上了艰难而又充满希望的寻夫之路……

黑龙江省委宣传部　组织

鲜　儿

◎龙江剧

演出单位：
黑龙江省龙江剧艺术中心

编　　剧： 费守疆　杨北星
导　　演： 胡宗琪
舞美设计： 黄楷夫
主要演员： 李雪飞　高运来　张国庆

故 事 梗 概

该剧截取电视剧《闯关东》中人物“鲜儿”重新展开故事创作改编，以主人公鲜儿的坎坷情感经历为主线，讲述了一个乱世奇女子在国破家亡的际遇下，虽颠沛流离九死一生，但始终不向命运屈服；屡遭不幸却始终坚守纯善无私的忠诚道义，并在家国危难之际，走上抗日救国道路舍生取义的传奇故事，成功塑造了一位有气节、有骨气、有民族大义，敢与环境抗争、不向命运屈服，既温厚善良，又豪迈侠义的民族女性形象，从一个侧面反映和歌颂了中华民族忍辱负重、自强不息、善良美好的优秀民族品格和坚贞不屈、敢于担当的英雄民族气节。

宁夏回族自治区党委宣传部　组织

花儿声声

◎秦腔

演出单位：
宁夏演艺集团秦腔剧院

编　　剧：刘家生
导　　演：张曼君
舞美设计：修　岩
主要演员：柳　萍　李小雄　张　涛

故　事　梗　概

山村马莲沟交通闭塞，以干旱出名，但却是远近闻名的花儿乡。村中有位杏花奶奶，曾是在六盘山下赛歌台上夺魁的花儿王。本剧通过老人几十年的劳碌奔波和情感上的悲欢离合，反映在大社会环境下小山村的可喜变迁。但是，一个驱不走的“旱魔”，始终造成了小村的贫困。

历史发展到今天，搬迁喜讯传来，村民欢欣鼓舞。面对这个突如其来的变化，杏花奶奶却困惑了。她舍不得这个家，舍不得这片土，舍不得埋在黄土下面的亲人，更舍不得她深爱着的花儿，竟然要做个拒绝搬家的“钉子户”。戏就围绕着搬与不搬展开。

在村中儿女们的百般劝说下，老人终于一步三回头地离开了这个“热土难离”的家。乘着一顶花红轿，向着新村新家和新的希望走去。

安徽省委宣传部　组织

小乔初嫁

◎黄梅戏

演出单位：
安徽省黄梅戏剧院

编　　剧： 盛和煜
导　　演： 张曼君
舞美设计： 黄永碤
主要演员： 何　云　梅院军　董　成
孙　娟　王　成

故事梗概

三国时期，为统一天下，曹操兵犯东吴。东吴任命周瑜为兵马大都督，率军踞长江天险抵御曹操。曹操施反间计，声称东吴只要献出绝代佳人小乔，便可罢兵。一时间，东吴君臣猜忌，军心涣散，作为小乔的丈夫，周瑜更承受着巨大的压力。为了心爱的周郎，为了江东数百万父老乡亲的安危，小乔于月夜乘一叶小舟过江，直赴曹营，演绎出一个弱小女子的伟大爱情故事。

上海市委宣传部　组织

挑山女人

◎沪剧

演出单位：
上海宝山沪剧艺术传承中心

编　　剧： 李　莉
导　　演： 孙虹江　华　雯
舞美设计： 吴惠国
主要演员： 华　雯　王　文　柏咏枚
张爱华　陆　瑛

故 事 梗 概

20世纪80年代末，年轻漂亮的王美英生下了一个双目失明的儿子，不久又生下了一对龙凤胎。谁知，两年后丈夫离世，婆婆怨恨王美英“克夫”，便与他们母子四人断绝了来往，抚育3个孩子的重担落在了王美英一人身上。为了抚育3个孩子，为了挣钱而又不远离孩子，她毅然选择了连男人也望而却步的工作——挑山。于是，无论风雨、不计寒暑，王美英每天挑着一二百斤的货物，数次往返齐云山那3700级石阶，至今已有整整17年。

在这个挑山女人身上，浓缩了中华民族善良、勤奋、坚韧、无私的优良品质，王美英以自己朴实的行为呼唤着人们对诚信、对担当、对母爱、对感恩、对坚韧、对宽容的思考和感悟。

广西壮族自治区党委宣传部　组织

七步吟

◎桂剧

演出单位：
广西戏剧院桂剧团

编　　剧：吕育忠
导　　演：杨小青　龙　倩
舞美设计：胡　佐
主要演员：吴　双　傅希如　高红梅

故 事 梗 概

本剧讲述了三国时期曹丕、曹植、甄女围绕王权、亲情、爱情而展开的一段历史奇闻，面对王权，曹丕、曹植两兄弟产生了激烈的矛盾；面对爱情，兄弟俩又因为先后相遇洛水佳人而迸发出难解的冲突。在生死存亡之际，曹植在七步之间吟出了“本是同根生，相煎何太急”的诗句，表达了人性的呐喊，真爱的呼唤。该剧在充分发挥桂剧艺术魅力的基础上，又融合、渗透了舞剧的表演艺术，巧妙利用“圆”与汉代“玉璞”的元素，使舞台既有宫廷恢宏庄严的场景，又有如梦如诗的画面，使剧目更显唯美、引人入胜、醉人心扉。通过对“七步吟”这段千古奇闻的重新演绎，细致入微地揭示了曹丕、曹植、甄女等人物的内心纠葛与矛盾，倡导、阐释、传播真善美，呼唤和谐真爱的回归，极力展现了恋情、亲情、家国情，诉说了人和、家和、国和的和谐深意，具有深刻的历史意蕴和现实意义。

福建省委宣传部　组织

保婴记

◎芗剧

演出单位：
漳州市芗剧团

编　　剧： 汤印昌　王文胜
导　　演： 吴兹明
主要演员： 陆逸红　杨珍珍　高路程　等

故事梗概

故事发生在古代福建闽南农村。病危的林秀才在弥留之际，对执意一同赴死的母亲说，邻村金姑娘怀着自己的孩子即将临盆，恳求母亲搭救。母亲于是打消了轻生的念头，在乡邻七姑八姨的帮助下，成功地"拐带"出身怀有孕、欲自寻短见的金姑娘。姑娘的失踪惊动了官府。为了"保婴"，便有了八姨挺身就擒、母亲慨然投案自首、县令成人之美巧妙息讼的曲折故事。出人意料的是，正当婆媳与众乡邻兴高采烈地准备着为婴儿欢庆满月时，却出现了一位同是姓林的秀才……

無憂縣正堂

湖南省委宣传部　组织

谭嗣同

◎湘剧

演出单位：
湖南省湘剧院

编　　剧：钱　珏
导　　演：谢平安　周亚男
舞美设计：修　岩　虢晒砖
主要演员：邵展凡　庞焕励　王阳娟
唐伯华　罗泳洪　郑声宏

故事梗概

清光绪二十四年，岁在戊戌。光绪皇帝颁布《明定国是诏》，开始变法维新，以顺应世界潮流，挽救垂死的清王朝。湖南浏阳谭嗣同告别妻子，奉诏进京，义无反顾地投入到这场变法维新与顽固守旧的残酷决战之中。军机处勇挫刚毅，西花厅舌战敌顽，“莽苍苍斋”见识了他的剑胆琴心，法华寺内留下他倔强的身影。“不有行者，无以图将来；不有死者，无以唤后人！”谭嗣同横刀大笑着走向死亡，他是那样的热烈而坚定。

戊戌变法只经历了短短 103 天，便以失败告终。谭嗣同用生命彰显了他变法图强的理想和勇于牺牲的气节，书写了一首感天动地的正气歌。谭嗣同这个名字，如同一颗灿烂的星斗，永远闪耀在中华民族历史的天空。

云南省委宣传部　组织

水莽草

◎滇剧

演出单位：
玉溪市滇剧院

编　　剧：杨　军
导　　演：熊源伟　谢平安
舞　　美：徐　鸣
主要演员：冯咏梅　钟凌芸　徐　铭
明震云　李卫明

故事梗概

一个家道中落的千金小姐嫁入贫困的茂家后，这一对婆媳的关系令人拭目以待。茂母和媳妇丽仙都想把关系处好，但矛盾还是来了。茂母赶儿子到城里做工，丽仙气恼绝望采来“水莽草”要自杀，不料被婆婆误认为是大补药给抢着喝了。丽仙因自己没能及时制止婆婆而愧疚，又怕辩解不清背上毒死婆婆的罪名，不敢声张。老草医建议她对婆婆百依百顺，待到49天后，药效发作，婆婆归西，就不会有人怀疑了。丽仙藏着这个秘密，每天面对婆婆时的愧疚，让她变成了真心赎罪，而婆婆也开始反省自己的言行，原本水火不容的婆媳变得融洽。随着婆婆生命的倒计时，丽仙像疯了一样去找解药，结果跌下山崖。昏迷中甚至不惜到判官那里用自己的性命去为婆婆改“生死簿”。“诀别”之时，丽仙终于勇敢地把一切告诉了婆婆，在人性善的洗礼中，婆媳终于走向了一场撼人心魄的灵魂忏悔。天亮了，一切安好无恙，毒药“水莽草”原来只是老草医的一句糊涂话，但是留在人们心中的叩问和思考却久久不能挥去……

吉林省委宣传部　组织

站醒台

◎吉剧

演出单位：
吉林省戏曲剧院吉剧团

编　　剧： 张福先　李文国　石　磊
导　　演： 李文国
舞美设计： 胡　佐　吴　放
主要演员： 刘　杨　刘亚丽　梁学华
孙忠宏　张跃兵

故 事 梗 概

在长白山脚下风光秀美、民风淳朴，素有“皇家鹿苑”之称的醒台村，美丽的关家姐妹雅梅、雅丽带领乡亲们养鹿致富，但是部分村民受利益驱使，一度逾越了道德底线，往外销鹿茸中注水。造假事件及其产生的严重后果，引发了关家母女3人错综复杂的情感纠葛。在关娘、雅梅的感召下，通过“站醒台”的传统习俗，乡亲们经过激烈的心理斗争，终于实现了精神回归。

甘肃省委宣传部　组织

西狭长歌

◎陇剧

演出单位：
甘肃省陇剧院

编　　剧： 曹　锐
导　　演： 石玉昆　安　炜
舞美设计： 赵国良　杨进英
主要演员： 边　肖　安　炜　邵炳德
窦凤霞　张保利　王建军

故事梗概

东汉末年，武都郡太守李翕为使险隘变通道，便利民众，促进商旅，一上任便主持修治西狭中道。在道路竣工之际，李翕却因有人举报他贪污代役之钱而遭革职，押解京城。书法家仇靖几经周折，终于弄清陷害李翕的原来是自己恩师的儿子——暂代太守之职的南郭瑜。由于钱粮吏失踪，使李翕的冤情难以昭雪，南郭瑜又以举荐入朝为官来诱惑，让仇靖面临艰难的抉择。最后仇靖还是抛弃了个人恩怨，为主持公道，伸张正义，毅然在西狭勒石以颂李翕修路之功。南郭瑜恼羞成怒，要毁掉此碑，为了护碑，仇靖不仅被砍伤了手臂，而且还牺牲了红颜知己——蔓青……千年风雨，难以磨灭，《西狭长歌》似乎在默默告诉着后人，该如何为官，该如何做人……

天津市委宣传部　组织

赵锦棠

◎评剧

演出单位：
天津评剧院

编　　剧： 梁　波
导　　演： 谷奎林
舞美设计： 黄永碤
主要演员： 曾昭娟　剧文林　夏　霞
郑春林　李丽华

故 事 梗 概

唐代，西凉造反。朱春登替身染重病的叔父出征。临行前，嘱托妻子赵锦棠代行孝道，照料好年迈的母亲，夫妻依依惜别。婶母宋氏内侄宋成对赵锦棠觊觎已久，在为朱春登送行的路上，趁夜将其推下山崖，并与宋氏谋划逼迫赵锦棠与其磨坊成婚。遭赵锦棠严词拒绝后，宋成将其婆媳赶至山中牧羊。风雪无情，羊群失散，婆媳二人乞讨谋生。

12 年后，朱春登封侯归家。宋氏谎称婆媳均已亡故。朱春登泪洒坟茔并高搭席棚，舍饭七日。恰好婆媳二人流落至此，讨得半碗剩饭，不慎将饭碗打碎。朱春登唤赵锦棠席棚答话，最终夫妻相认，阖家团圆。

河南省委宣传部　组织

红旗渠

◎话剧

演出单位：
河南省话剧艺术中心

编　　剧： 杨　林
导　　演： 李利宏
舞美设计： 张　武　常　伟
主要演员： 吴广林　呼建国　于同云
伍保国　蔡小艺

故事梗概

本剧自剧本创作至搬上舞台历时4年，表现在一个特定的时代，在中国共产党的指引下，林县人用10年时间创造了一个人间奇迹，同时也孕育形成了中原文化的内涵“红旗渠精神”——“自力更生、艰苦创业、团结协作、无私奉献”，是理想信念的追求，是民族文化的体现，是对生命意义的讴歌，是对英雄主义的礼赞。

全剧以恢宏的气势，全景式的叙述方式，正面展现县委书记杨贵带领林县人民修建红旗渠的艰难历程，力求以今天的视角，对“红旗渠精神”做出独特的诠释。创作者们本着对生命的敬畏，笔触人物心灵深处，细腻刻画人物思想情感。作品追求史诗般的品格和艺术化的体现，用生动感人的人物群像、生活细节，描绘了一幅林县人民在党的领导下，“重新安排林县河山”的艺术画卷！

解放军总政治部　组织

兵者·国之大事

◎话剧

演出单位：
总政话剧团

编　　剧：王　宏　李宝群　肖　力
导　　演：宫晓东
舞美设计：孙　东　杨胜利　邢　宇
主要演员：赵　旭　魏积安　潘　军
邵　峰　秦　方

故　事　梗　概

本剧紧紧围绕习主席提出的强军目标重大战略思想，以当前正在进行的军事斗争准备和十年来几次重大军事演习为背景，以组织、策划重大军事演习的高层决策者、导调组人员为切入视角，塑造了一批有灵魂、有本事、有血性、有品德的当代军人形象，其中有俄罗斯伏龙芝军事学院毕业归来，充满生命激情，胆识兼备的新一代军中精英；也有勇于改革，一生奉献的一代名将；还有壮志未酬，甘做铺路石的退伍军人；更有作战部队基层优秀青年指挥员和海、陆、空、二炮各军种部队的官兵……他们满怀军人的使命感、责任感和强烈的忧患意识，敢于直面现实矛盾，敢于突破历史禁区，努力克服和平积弊，端正训风演风，在一次次重大演习中上演了一出出感人至深、震撼人心的人生大戏，用激情与热血谱写了一曲强军战歌。

内蒙古自治区党委宣传部　组织

国家的孩子

◎话剧

演出单位：
上海戏剧学院

编　　剧：孙祖平
导　　演：龙俊杰
舞美设计：娜达罕
主要演员：朝鲁门　陶格陶　卓　拉
金克娜　阿柔娜　诺敏达来

故事梗概

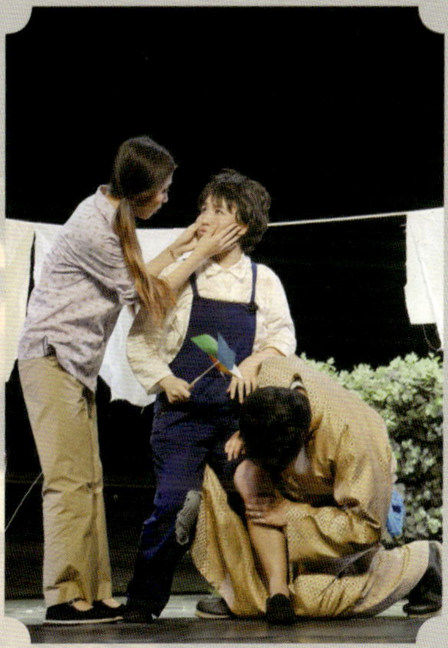

故事发生在 20 世纪 60 年代初期，我国遭受连续的自然灾害，上海孤儿院的粮食和营养品难以为继，数百上千的幼小生命时刻面临着死亡的威胁。此时，周总理、乌兰夫和康克清组织实施了一场幼小生命的营救行动。辽阔的内蒙古大草原敞开怀抱，3 年之中接纳了 3000 多名来自南方的孤儿，这些孩子被蒙古族的额吉和阿爸收养，得到悉心抚养和照顾，健康成长。他们有一个共同的名字——国家的孩子。

温都苏是被送到草原的南方孤儿中的一员，被敖更和巴特尔夫妇收养。后来的日子，因为残疾，他被伙伴羞辱，这时养父母挺身出来保护他。经历风雨，温都苏和那些来自南方的孩子都已健康成长，抚养他们的养父母许多都已经离世，他们相约踏上了寻根之路，要去寻找自己的亲生父母。在这个过程中，他们感受和体会更多的是苦难中来之不易的幸福生活，是无私的爱，超越血缘和骨肉亲情的人间大爱。草原上的父母，在给予他们物质保障的同时，也用草原人民质朴、包容、善良、正直、勇敢的优良品质潜移默化地影响着他们。

四川省委宣传部　组织

活在阳光下

◎话剧

演出单位：
成都艺术剧院有限责任公司

编　　剧：孟　冰
导　　演：胡宗琪
舞美设计：黄楷夫
主要演员：强梅棣　陈慧娟　腾　园
白　马　凌宗英

故 事 梗 概

本剧叙述了我们今天的故事，是我们身边人的故事。一位老者用一生守护着一座小楼，每当出太阳的时候，他总要抱着一盆花追逐着短暂的阳光；一位有自闭症的青春少女竟对住在小楼的老者吐露心声；一位当年的打工妹，今天办起了家政公司，这一天，她前夫的儿子从监狱出来后突然来到她的面前；一位成功的企业家，在接受电视台记者采访时突然脱去上衣；一个告诉外人“经常出国的处长”，竟然划着小船在公园的水面上打捞落叶；一对夫妻边在城里打工边寻找10年前丢失的孩子……

一个城市的文明发展需要很多人来参与，特别是那些经过“土地流转”失去土地的农民们，在成为“新市民”之后，无论是他们自己，还是这座城市都还没有做好准备。不过，从现在开始，我们都注重自身的完善和关心对方，还来得及。

安徽省委宣传部　组织

徽商传奇

◎话剧

演出单位：
安徽省话剧院

编　　剧： 黄维若
导　　演： 查明哲　朱海燕
舞美设计： 罗江涛
主要演员： 刘建福　周建设
王　成　李青临

故事梗概

故事发生在清朝盛世时期的徽州、扬州、长江的盐船上及平江、汉口等地，因家境所迫弃学从商的徽州青年程梦溪，受濒于破产的徽州盐业散商鲍禹城之托，帮其销售其倾尽家产所筹集的一船盐。他得到了账房先生詹仁和以及他聪明伶俐的女儿詹秀秀的帮助，并被徽商中的翘楚、两淮盐业总商之一的汪鹤亭所赏识，加以培养提携。贩盐途中，他与盘剥盐商的扬州官府斗智斗勇，以盐换茶，后制成上好茶叶，到汉口贩卖，获得了丰厚的收益。最终，程梦溪以仁为本、以义取利的经商之道，不仅拯救了濒于破产的鲍禹城，还与詹秀秀终成百年之好。

北京市委宣传部　组织

想飞的孩子

◎儿童剧

演出单位：
北京儿童艺术剧院

编　　剧：董　妮
导　　演：王炳燃
舞　　美：严　龙　毛　涵
主要演员：芦　宏　周　逵　周　觅
韩鹏翼　龙　月

故事梗概

在北京长城脚下，有一个叫大鹏关的小山村，住着一个叫强子的孩子。他一直想飞，因为奶奶告诉过他，大鹏关的村民都是大鹏鸟的后裔，从前都会飞。强子用纸做翅膀试飞，却无意中让小伙伴摔伤了。他又去拔村里的鸡毛，搞得村里鸡飞狗跳。村民无法忍受强子的“胡作非为”，到处追堵，粗鲁的父亲更是拳脚相加。然而，这一切都无法阻止强子想飞的梦想。强子又开始做热气球的试验，结果却引发了山火。强子被愤怒的爸爸追打，从大鹏关上掉下去，失去了记忆。强子终于忘记了飞的梦想，变得沉默。父亲为了帮强子治好重度失忆症，决定为强子做一架飞机。村民们对强子的父亲做飞机的举动无法理解，与强子的父亲发生了激烈的冲突。强子的父亲质朴而原始的爱子之心感动了村民，出于同情，村民们开始帮着强子父亲一起做飞机。让他们想不到的是，在做飞机的过程中，想飞的种子在村民们沉睡多年的心灵中渐渐苏醒，他们开始希望这架飞机真的能飞起来。数年后，强子考上了航空航天大学，就在这一年，我们的国家发射了神舟七号，宇宙中传来了宇航员的声音……

重庆市委宣传部　组织

幸存者

◎话剧

演出单位：
重庆市话剧团

编　　剧： 唐　栋　蒲　逊
导　　演： 傅勇凡
舞美设计： 徐　丹　孟王欢
主要演员： 黄　河　张　越　梁东华
王　弋　刘　华

故 事 梗 概

那场大屠杀已经远去，山上那场大火已经熄灭，滚烫的焦土也已经冷却，到底谁才是这段历史真正的幸存者，那些林立在歌乐山上的纪念碑是否还有一座没有刻上名字。一个柔弱的女人，几十年来只抱定一个不容动摇的信念，就是寻找自己唯一的爱人——穆之光在重庆解放前夕大屠杀中死去的真相。狱友说他是黎明前的叛徒，说他其实早有妻室，他到底是懦弱的背叛者还是坚定的信仰者？她从不曾有半点怀疑。于是带着他留下的那条被烧焦的只剩下半截的绛红色围巾踏上了漫长的求索之路……

谁是永不褪色的革命者，一个真正的革命者不仅要敢于牺牲生命，还要能忍辱负重。“有些人活着，却已经死了；有些人死了，却依然活着。碌碌无为、苟且偷生的幸存者未必幸存，为理想而战、为人民而死的死难者未必死去！只要能留在你和你们的记忆里，我和我们便是真正的、永远的幸存者……”

山西省委宣传部　组织

粉墨春秋

◎舞剧

演出单位：
山西艺术职业学院

编　　剧：李碧华（中国香港）
编　　导：邢时苗
舞美设计：高广健
主要演员：任中杰　吕建飞　谢海波　李　娟　杜月姣

故事梗概

清末民初，北国之梨园戏班。生旦净末丑五大行当中，3个武生在生死爱恨中成长。台上技艺超卓、风华绝代，台下苦练奋斗，有血有泪。

长靠武生、短打武生、撇子武生，喜顺班坐科的光头小子，分行后各有戏缘、命运。一个仗义挡枪，一个桃花灾劫。聚散经历叫小师弟跌至谷底。在穷途末路时，顿悟戏路，闯出一片新天……

这正是：石中璞玉，坐科自强；台上风光，杀机暗藏；桃花灾劫，盛衰无常；穷途末路，谷底神伤；悟艺开窍，金碧辉煌；粉墨春秋，情深意长。

山东省委宣传部 中国文联 组织

红高粱

◎舞剧

演出单位：
青岛市歌舞剧院

编　　剧： 咏　之
总 编 导： 王　舸　许　锐
舞美设计： 周立新　田胜温
主要演员： 孙秋月　宁　萌　张　珅
侯　猛　肖雪峰　于　佳

故 事 梗 概

本剧基本保留了小说原著以及电影《红高粱》故事的主线情节，塑造了“我爷爷”“我奶奶”“罗汉大叔”等个体人物以及众乡亲的群像。对许多内心戏有着更为独到，也更为强烈的诠释。颠轿、野合、祭酒、丰收、屠杀、出殡六大章节，每个章节都主题鲜明，完整地讲述了一段关于“生命力”的故事：生活在高粱地里的人们，对爱情的追求，对自由生活的追求，使人热血沸腾。全剧最令现场观众震撼的一幕出现在剧尾：墨水河畔“我爷爷”和众乡亲一起祭奠亡灵，他们前赴后继、誓死抗争。舞剧借由肢体语言来表达浓烈的情感，不仅仅是爱情、民族情，甚至还包括最原始的生命力，男人、女人与土地、生活的情感。

江苏省委宣传部　组织

丹顶鹤

◎舞剧

演出单位：
无锡市演艺集团歌舞剧院

编　　剧：赵　青　吴同男
导　　演：赵　青
舞美设计：张继文
主要演员：张娅姝　蒋雨昊　何志凯

故事梗概

本剧根据20世纪80年代真人真事创作。主人公的原型徐秀娟小时候常帮着父母喂小鹤，潜移默化中也爱上了丹顶鹤。大学毕业后来到盐城滩涂鹤场工作，1987年9月16日为寻走失的丹顶鹤溺水牺牲。徐秀娟后被当地政府追认为烈士，被人们誉为“中国第一位驯鹤姑娘”“中国为环保牺牲的第一人”。以她的事迹谱写的歌曲《一个真实的故事》曾被广泛传唱，感动了一代又一代人。这首歌也是舞剧《丹顶鹤》主题歌。我们世世代代居住在这片土地。人与自然的和谐相处是中华文明的重要主题，21世纪的今天，我们对这个主题有了更深刻的理解，也有了更完整的认识。舞剧《丹顶鹤》不仅仅是对一位死去的女孩的致敬，更是对生态文明的一种深切呼唤！

改变的，是时代，不变的，是精神！舞剧《丹顶鹤》将唤起更多的人加入到爱护自然、爱护环境、爱护湿地的行列中。舞剧《丹顶鹤》以一个动人的故事，展现了我们建设美丽中国，建构生态文明的决心，为实现人与自然和谐相处的美好愿景尽一份心力。

新疆维吾尔自治区党委宣传部　组织

情暖天山

◎歌舞剧

演出单位：
新疆艺术剧院歌舞团

编　　剧：张　冰
导　　演：邢时苗
舞美设计：高广建
主要演员：喻越越　迪里拜尔
艾尔肯　努尔买买提·赛买提

故事梗概

本剧以 2009 年感动中国人物——新疆青河县退休干部阿尼帕・阿力玛洪为原型进行创作，讲述了维吾尔族妈妈帕丽达由于突发疾病，急需匹配血型挽救生命。因为血型不匹配，引发了众人对这个家庭的关注。毫无血缘关系、不同民族的一家人共同演绎了民族团结一家亲的感人故事。全剧分为“序——天山之春”“童年”“选择”“回家”和“尾声——妈妈”五个部分。分别选取儿女童年、少年和成年对与母亲相处的回忆为叙述视点，讲述了一位母亲在一段艰难岁月节衣缩食、兼职打工，陆续收养了 6 个民族 10 个流浪孤儿，并抚养他们长大成人的故事。

文化部　组织

红帮裁缝

◎歌剧

演出单位：
中央歌剧院
宁波市演艺集团有限公司

编　　剧：胡绍祥　俞　峰　王晓菁
导　　演：曹其敬　王湖泉
舞美设计：马连庆
主要演员：刘天意　杨　阳　徐　祥　等

故事梗概

20 世纪初的宁波，红帮裁缝风生水起，与本帮裁缝形成竞争态势。恰逢服装业同业公会举行换届选举，红帮领袖王泰和与本帮泰斗刘凤岐都只差一票便可胜出。这关键一票被刘凤岐的儿子刘天意投了弃权票。天意与王泰和的女儿阿绣定亲在即，他不想让两位长辈伤了和气，主张服装业同业公会一分为二。老会长坚持要他重新投票，这让他左右为难。刘凤岐鼓励儿子大胆投票，即使不和阿绣定亲也不要怕。王泰和马上表示要把女儿另嫁。眼看选举变成退婚闹剧，天意将选票撕碎。

天意与阿绣彼此深爱对方，经过激烈的思想斗争，他们决定私奔下南洋。两人逃上一艘货船离开家乡，突然天色大变，海盗上船抢劫。海盗头目要霸占阿绣，天意奋起反抗，与海盗殊死搏斗。海盗将天意扔进大海，阿绣跟着跳海殉情。

天意被革命党人陈发所救，在横滨开了一家衣铺，一边谋生，一边打听阿绣下落。陈发带着孙中山亲手设计的“中山装”图样来到衣铺，请天意制作。天意表示分文不取一定做好，表达了自己对革命党人的支持。在陈发穿的西服扣眼上，他发现了阿绣的独特针法。原来这身西服是在上海制作的，由此他断定阿绣还活着。

果不其然，阿绣在父亲开的西服店里已经干了 5 年。陈发陪天意找到这里，不料陈发被清兵发现，因他是被通缉的革命党人，清兵追捕过来。陈发和天意闯进泰和西服店，阿绣与天意意外重逢。辛亥革命胜利时刻，阿绣穿着天意亲手缝制的婚纱，与天意举行隆重的婚礼。经历生离死别，两人终于幸福地结合在一起。

陕西省委宣传部　组织

大汉苏武

◎歌剧

演出单位：
陕西演艺集团歌舞剧院

编　　剧： 党小黄
导　　演： 陈　蔚
舞　　美： 刘科栋
主要演员： 米东风　薛皓垠　周晓琳
彭康亮　张海庆　郝　萌　等

故　事　梗　概

汉天汉元年，苏武请缨出使匈奴。副使参与匈奴内部谋反事件，累及苏武。苏武自愧“屈节辱命”，自刎。被敬重他的单于救活之后，面对高官厚禄，他坚定地选择了对祖国的忠诚；冰天雪地的地窖里，他七天七夜饮飞雪、吞毡毛，依然坚持着对祖国的忠诚；贝加尔湖流放的 19 年，他手中须臾不离大汉符节，坚守着对祖国的忠诚；得知因单于的谣言，他已家破子亡、母亲愤怒归天的噩耗时，他仍然选择了对祖国的忠诚；启程回国之际，面对难舍难分的妻子，他高擎着已经完全脱落的大汉符节，依然义无反顾地又一次选择了对祖国的忠诚。

贝加尔湖畔美丽的牧羊姑娘索仁娜第一次见到苏武时，爱就在她纯洁的心灵里深深地扎下了根；当苏武被妻离子散家破人亡的遭遇折磨得倒下时，她把苏武紧紧地抱在怀中，点燃了他即将熄灭的生命之光；当她和他们的儿子被单于扣作人质与苏武就要分别时，她理解了苏武这个漂泊游子对祖国的思念，让苏武回到了故乡。她却忧思成疾，长眠在贝加尔湖畔。贝加尔湖畔的牧羊姑娘用她圣洁的爱，滋润了苏武对祖国的无限忠诚。

江西省委宣传部　组织

回　家

◎歌剧

摄制单位：
江西省歌舞剧院

编　　剧： 任永新　李蓬荻
导　　演： 徐向东
舞　　美： 戴延年
主要演员： 周　强　邬成香　黄国光
李琼媚　刘薇薇　朱　嘉

故事梗概

本剧讲述了一位台湾老兵回祖国大陆老家探亲的故事，以年轮和海峡两岸为剧情结构的时空轨迹，回溯台湾老兵罗旺策38年的漫漫归家之路：

序 南昌会战

1939年抗日战争南昌会战前线，国民革命军第26军老三营营长罗老策为国尽忠，在生命的最后时刻让独子罗旺策长大后参军与日寇血战到底！

第一幕 离 家

战火连天，国民党军溃退途中，将新婚而尚未圆房的罗旺策掳去台湾。从此背井离乡，乡思绵绵，痛断肝肠。

第二幕 想 家

1959年，思乡心切的罗旺策渡海潜逃未果，被长官严惩，移交法庭。

第三幕 安 家

1969年大陆老家传闻罗旺策被军法处决，盼儿归无望的罗母毅然让儿媳文竹与义子梅盛林完婚。

回家无期，长官为媒，罗旺策与玉娇也在台湾某眷村安家。

第四幕 寻 家

1979年元旦，全国人大常委会发表《告台湾同胞书》，让台湾老兵看到了回老家希望。1987年，国务院发表《关于台湾同胞来大陆旅游接待办法有通知》。台湾老兵纷纷返乡。

第五幕 回 家

夫妻间的矛盾云消雾散后，罗旺策携妻带女踏上回家之路。

听到了娘的呼唤，看到了娘的慈颜。听到了儿的哭喊，看到了儿的容颜。

一个断肠锥心、血浓于水的台湾老兵回家的故事，浓缩了百万台湾老兵的无尽乡思和他们回家之路的曲折、执着。

全国妇联　组织

妈妈再爱我一次

◎音乐剧

演出单位：
东莞塘厦松雷音乐剧剧团
北京松雷蝶之舞音乐剧剧团

编　　剧： 刘　云
导　　演： 周　可
舞美设计： 胡　佐　徐淑珍（韩国）
主要演员： 胡　矿　叶麒圣　吕　欢　周冰倩

故 事 梗 概

雯娜是一名专业的拉丁舞演员，她与志强相恋并有了身孕。可是因为门第悬殊，志强的母亲坚决不同意他们的婚事。倔强的雯娜决定生下儿子小强，靠自己的力量将他抚养长大。

小强 8 岁时，与母亲一起作为特邀嘉宾参加了“舞林大会”的节目录制。当母子都沉浸在成功的喜悦之中时，志强母亲的到访搅乱了原本平静幸福的生活。

几年后，小强被奶奶送回了雯娜的身边。对失而复得的儿子，雯娜心怀歉疚，加倍补偿！可此时的小强已经和妈妈之间产生了巨大的隔阂，他一心只想离开，去远方追寻自己的幸福生活。

为了供小强去日本留学，母亲辛勤工作，到处借钱，最后不惜抵押房产从银行贷款。面对高额的留学保证金，母亲实在是无力承担，终于在小强回国向母亲要钱的时候，两人发生了激烈的争执，小强无意间将刀扎入了母亲弱小的身躯。

“伤母事件”在社会上引起了巨大的反响，小强成了世人唾骂的逆子，而母亲也饱受溺爱无度、教子无方的谴责！法庭之上，面对公诉人的指控，小强无言以对，而作为“受害人”的母亲却站出来替儿子辩护！她的忏悔和求情让法庭上所有的人为之动容！

小强刑满出狱，见到的却是坐在轮椅上，不再说话也不再认识任何人的母亲！小强的爱能否唤醒妈妈，得到她的原谅？妈妈又能否再爱他一次呢？

贵州省委宣传部　组织

仰欧桑

◎歌舞剧

演出单位：
中央民族乐团
黔东南州歌舞团

编　　剧：韦文扬
导　　演：张建民
舞美设计：赵晓宇
主要演员：魏伽妮　唐文娟　薛　雷
尤　龙　刘虹伶　张　华

故 事 梗 概

天地的女儿仰欧桑诞生在清水江里。16年后，仰欧桑出落得貌若天仙，能歌善舞，勤劳智慧。天上的大理师太阳恋上了仰欧桑，在苗乡的姊妹节里，二人在游方场上定下终身。东方的纠纷案件堆积如山，乌云带来东方的请柬，请太阳即刻去东方审理案件，解除纠纷。仰欧桑答应上天去帮太阳家打理家务。太阳和她约定，如有事，在枫香树上挂花带，太阳便随时赶回来。

仰欧桑年年在枫香树上挂花带，却总不见太阳回来。原来这一切都是乌云的阴谋，只要看到太阳寨上枫香树顶花带，就让十二冤魂作法遮住，蒙蔽太阳。乌云还派冤魂们到处制造纠纷，让东方纠纷不断，太阳无暇回家。

乌云一面向斑鸠姊妹们撒谎说太阳和东方王的女儿东方女定了亲；另一面又向太阳说仰欧桑变心了，她和月亮游方了。太阳愤怒地扯下仰欧桑送他的定情物百鸟衣，痛苦地扔在地上。

斑鸠姑娘从东方带回百鸟衣和太阳与东方女定亲的消息，仰欧桑悲愤地敲起水鼓，乘着浩荡的天河回到了清水江。

太阳带着东方女归来，却看到枫香树上满树飘舞的花带，月亮的妻子是自己的妹妹彩云。太阳怒火万丈，迷失了心智，化作巨大的火球，天上地下地追逐乌云，引发天地大旱，庄稼烧毁，井水干枯。仰欧桑从清水江中升上来，毅然奔向太阳，化为雨露，滋润大地，万物复苏……

广东省委宣传部　组织

西关小姐

◎音乐剧

演出单位：
广州歌舞剧院

编　　剧：王　军
导　　演：傅勇凡
舞美设计：秦立运
主要演员：张桢子　李　博　汤　莉
沈　奕　呼格吉乐

故 事 梗 概

20 世纪初，广州西关小姐陈雪菲目睹好友黄梅因在难产中失去孩子而疯癫，同时惊悉母亲当初在难产中为了保全自己的新生而失去生命的真相后，发誓要筹建一家专门的妇幼医院。她慈善募捐的义举得到了父亲众多亲朋好友的支持，却遭到了东山少爷麦少杰的冷嘲热讽。不幸善款被男友潘栋臣卷款潜逃，捐款人对陈雪菲不依不饶，纷纷登门讨还，陈父心脏病发，猝然离世……

陈雪菲一诺千金，变卖家产还债，栖身在醉婆家中。当年的西关小姐醉婆，像母亲一样鼓励陈雪菲，西关小姐们也纷纷走出家门，走上街头为慈善募捐，支持陈雪菲的善举……

兵变突发，靠私吞善款买官成功的潘栋臣衣锦还乡，被陈雪菲当众怒斥。麦少杰为陈雪菲的执着所感动，为了支持雪菲，麦少杰不惜变卖家产暗中捐助，患难与共中两人终于走到一起，用爱的力量继续完成慈善活动。医院终于如愿落成。善有善报恶有恶报，每个人都找到了自己的归宿。西关美丽依旧……

第十三届“五个一工程”

中 华 艺 术 之 花

动画片

Cartoon

国家新闻出版广电总局　组织

新大头儿子和小头爸爸

制作单位：
央视动画有限公司

总 导 演：魏　星　邵建明
文学编辑：张忆翔　赵　虹
动　　画：王丹丹　李鸿浩　李勃葳
陈平栋　等
主要配音演员：刘纯燕　董　浩　鞠　萍

故 事 梗 概

本片讲述一个中国典型的三口之家，80 后的父母——小头爸爸和围裙妈妈，一个调皮可爱的大头儿子。他们生活在现代化的城市中，过着平凡并充满乐趣的生活。小头爸爸是一个心怀童真的大小孩，爱面子又贪玩，在大头儿子眼中，小头爸爸更像是朋友，而因为大头儿子的存在，小头爸爸也跟着一同成长。在陪伴大头儿子成长的这段时光里，他们一起玩耍，一起胡闹，一起欢笑，每天总是能发生很多丰富多彩的故事，而这每一件简单琐碎的事情，都是大头儿子和小头爸爸一生最难得的财富。在小头爸爸和围裙妈妈的呵护下，大头儿子快乐而又健康地慢慢长大。

广东省委宣传部　组织

熊出没之夺宝熊兵

制作单位：
深圳华强数字动漫有限公司

导　　演：丁　亮　刘富源
编　　剧：刘富源　徐　芸　等
动　　画：范峻嘉　毛安送　等
主要配音演员：谭　笑　张秉君　张　伟　陈　光

故　事　梗　概

在一个暴雨的夜晚，光头强外出砍树，却误打误撞地把一个“宝贝”带回了家，那居然是个牙牙学语的小女孩！光头强开始当起了奶爸，照顾小宝宝的生活既辛苦又甜蜜。可是，由于一个意外，小宝宝在无意中被熊兄弟俩带回了熊洞。光头强和熊兄弟俩发生了一系列搞笑的误会，在这个搞笑而温馨的过程中，光头强和熊兄弟俩共同照顾小女孩，对小女孩产生了深厚的感情。可就在此时，之前绑架小宝宝的坏人们出现了！小宝宝身上的秘密浮出水面，为了保护小宝宝，光头强和熊兄弟俩联手与坏人展开了精彩曲折的战斗。经过一番艰难曲折、跌宕起伏的追逐和争夺，光头强和熊兄弟俩齐心配合，终于成功从坏人手上救出了小宝宝，而坏人也落入了恢恢法网中。

吉林省委宣传部　组织

青蛙王国

制作单位：
吉林动画学院
吉林纪元时空动漫游戏科技股份有限公司

编　　剧： 郑立国　彭　飞
导　　演： 尼尔森·申（美国）
艺术设计： 肖　毅　朱　晶
主要配音演员： 石仁茂　刘彦君

故事梗概

在一个遥远的地方，那里住着一群善良勇敢的青蛙，他们在青蛙国王的统领下过着祥和安宁的生活。蛙国每 4 年举行一次运动会，选出优秀的勇士来保卫蛙国。这 4 年一度的盛事又将要来临，而这届运动会与往年不同：它将左右蛙国未来的命运，蛙王将选取最强的勇士成为女婿。

当全国上下都热情高涨地投入到这场盛会中时，谁也没有想到的是，作为主角的公主竟然离家出走了，装扮成了一位年轻的勇士——吉克，参加了运动会。本想找回自尊的公主遇到劲敌闪电蛙的同时，也陷入了一场惊天阴谋！

住在蛙国附近的蛇王曾经被年轻的青蛙国王砍断尾巴，对蛙国怀恨在心。多年来，蛇王一直企图征服蛙国为蛇国积蓄能量，为此悄悄地恢复元气，秘密武器也即将研制成功。他派出了蛙国叛徒参加运动会并企图夺冠，借机控制蛙国。

内蒙古自治区党委宣传部　组织

大角牛梦工场

制作单位：
央视动画有限公司
鄂尔多斯东胜天风动漫影视有限公司

编　　剧：袁志发
导　　演：蔡志军
动　　画：吴冠英　张建军　等
主要配音演员：海　帆　王小燕　张　帆

故事梗概

牛大都的原守护者退休后，委托牛爷爷将一个法宝——糊涂葫芦交给一个可以成为牛大都新守护者的勇者，结果大角牛被选中。糊涂葫芦有一个能力，就是会把好的葫芦豆奖励给心地正直、值得赞赏的人，用坏葫芦豆惩治犯错和存心不良的人。月背山上的坏蛋蝙蝠魔嫉妒大角牛的好名声，想尽办法要让大角牛出丑，用尽了坏点子来捉弄陷害大角牛。但是大角牛在糊涂葫芦和小伙伴们的帮助下，一次又一次粉碎了蝙蝠魔的阴谋，令蝙蝠魔为自己干的坏事吃尽苦头。

陕西省委宣传部　组织

冲锋号

制作单位：
中央党史研究室
西安曲江新区管委会
西安曲江宏梦卡通影视公司
湖南蓝猫动漫传媒有限公司

编　　剧： 贺梦凡　陈红波
导　　演： 贺梦凡
动　　画： 陈凌宇　姚卓武
主要配音演员： 邱启明　王　峰　瞿　岚

故 事 梗 概

本片取材红军长征，通过流浪儿虎子跟随红军长征，成为合格司号手的成长故事，真实再现中国共产党领导下的红军队伍在血战湘江、转战遵义、飞夺泸定桥、翻越雪山、穿越草地的感人故事。充分展现共产党员的崇高理想追求和为了理想不畏艰险、顽强拼搏的美好精神品质……

本片从少年儿童的角度，解读和展现了长征中一批少年儿童在共产党的引领下励志成长的经历，对当前贯彻落实习近平总书记关于用喜闻乐见的形式对青少年进行党史教育的要求，凝聚中国力量，实现中华民族伟大复兴中国梦极具现实意义。

山西省委宣传部　组织

终极大冒险

制作单位：
深圳市魅力动画文化发展有限公司
北京艾易美迅动画制作有限公司
北京爱奇艺科技有限公司
北京必和氏嘉文化传媒有限公司

编　　剧：牛博鸶　李文贤
导　　演：孙立军
动　　画：沈永亮　黄建丰
主要配音演员：谢　娜　路知行　韩童生
李　扬　王劲松

故　事　梗　概

一个是自命清高、对人刻薄的职场小男人，一个是乐观直爽、不拘一格的自由摄影师。一个要到夜不闭户路不拾遗的小岛上去卖防盗门，一个要到神秘小岛去寻找那失落的秘密，命运将这两个完全不搭界的人捆绑在了一起，不同的世界观，不同的生活习惯使得一路上搞笑不断。当两人深入小岛后才发现了这是个拥有许多与众不同的地方，银行没有锁，金条随便放，商店没人管，人与人之间毫无戒备心！同时男主角公司里竞争对手鳄鱼为了控制公司股权也盯上了这个小岛，几帮人在小岛上展开一路厮杀，在这过程中小岛隐藏在背后的真正秘密终于浮出水面……两人能否突出重围？能否逆境重生，力挽狂澜？迎接他们的，将是不可能完成的考验……

第十三届"五个一工程"

中 华 艺 术 之 花

电视纪录片

Documentary

国家新闻出版广电总局　组织

习仲勋

摄制单位：
中央党史研究室
国家新闻出版广电总局
中央电视台

总 导 演：夏　蒙
总 撰 稿：夏　蒙　李忠杰
摄　　像：邵红杰　范　欣　等

习仲勋与彭德怀在西北战场

1958 年，习仲勋与周恩来乘飞机视察三门峡水利枢纽工程

1978年，中共中央派习仲勋主政广东，图为习仲勋在广东农村调研

内 容 简 介

2013年是老一辈无产阶级革命家、政治家习仲勋同志一百周年诞辰。该片完整回顾了习仲勋同志作为伟大的共产主义战士，杰出的无产阶级革命家，我党、我军卓越的政治工作领导人波澜壮阔、功勋卓著的奋斗历程。

该片拍摄行程10万多公里，遍及全国12个省份和多个海外城市，总计拍摄了230余小时高清影像素材。全片拍摄采访了300多位重要历史见证人，记录了大量关于习仲勋革命生涯的口述历史资料，其中许多被采访对象已经陆续离世。摄制组通过对许多历史当事人的采访和历史文献的研究发掘，忠实而生动地记录了习仲勋革命生涯中许多精彩的人生片段。该片整个写作和拍摄的过程，都严格遵循实事求是的原则，不拔高，不夸大，追求朴实自然的纪实风格，全面展现了习仲勋作为老一辈革命家和政治家在长达76年的革命生涯中始终坚持真理、实事求是、无私无畏的崇高品格，以及他为中国革命和新中国建设事业奋斗一生的伟大精神。

国家新闻出版广电总局　组织

舌尖上的中国 1

摄制单位：
中央电视台

总　编　导：陈晓卿
执行总编导：张铭欢　闫大众　等
摄　　　像：白　波　李继松　等

内　容　简　介

《舌尖上的中国 1》是中国第一部高端美食类系列纪录片。该片以美食为切入点，通过纪录片影像进行了一次中国饮食文化全景式、深层次的人文解读。全片以“中华美食”为路径，充分展示了中国辽阔地域的风土人情，将镜头对准中国社会的普通民众，展现了中国人的生活智慧、热情和追求。全片以传播中华文化为核心原则，以中国美食文化为叙述载体，用纪录片独有的人文情怀观照中国人内心世界，真实、生动地描绘了一幅中国社会传统与快速发展的现代生活交融的人文画卷。

该片的拍摄遍及港澳台地区在内的全国 60 多个地区，寻访到近百种中国地域特色美食和独特烹制工艺，共计采访了 40 多组极具代表性的人物故事，通过食材、风味、烹饪、转化、调和等全新的视角呈现中国美食的博大精深。片中，美食已经超越了它们自身的属性而成为联系人与人之间、人与世界之间的桥梁，凝聚了人们丰富的情感记忆；对美食的追求，汇聚成对美好生活的追求，是对中国人乐观向上、平和从容精神面貌的鲜明揭示。该片在呈现美食的同时，也着力突出了“一方水土养一方人”，探寻与它们相随的伦理、仪式等文化特质，让人感受到中国传统文化之灿烂。

北京市委宣传部　组织

伟大的抗美援朝

摄制单位：
北京电视台

导　　演：吕　军　黄　炜　王　红
撰　　稿：彭璐萌　许　璐　韩　飞
吴志勇　等
摄像指导：殷　鹏
摄　　像：徐　斌

国民爱国捐款支援抗美援朝（1952 年）

松骨峰战役油画　第二次战役西线战场对败退美军进行的最惨烈的阻击战

机床厂工人爱国建设生产（1952 年）

内容简介

本片以《抉择》《较量》《英雄》《后盾》《复兴》《和平》为单集主题，以敏锐的目光、独特的视角、热血的笔触为志愿军立传、为抗美援朝写史、为民族精神铸魂，更以丰富的史料、严密的论证有力驳斥了历史虚无主义对抗美援朝历史的误读与歪曲，给出了“这一仗为什么打？怎么打？”等问题的答案，阐明了中国在战争中制胜的原因，以及此战对于国家发展乃至世界地缘政治格局的深远影响。在片中，观众可以看到数十份中央档案馆首次独家披露的国家领导人手笔文献，可以听到志愿军首长、指战员的亲口采访，可以目睹战场上数百分钟珍贵的影像素材；片中主持人还展示了大量“文物类”实物档案，如志愿军使用的锈迹斑斑的搪瓷缸、全国人民捐献飞机大炮的收据、美军散发的传单等等。编导还尽可能搜集国外资料，包括战争敌对国对于抗美援朝战争解读的文献、敌人亲身感受的录音录像资料，以这些一手资料为支撑，准确传达出“朝鲜战争和抗美援朝是两个概念”“抗美援朝战争必须打，而且取得了最终胜利”“抗美援朝，为新中国打出了60多年的国内国际和平建设环境”等观点。

志愿军战士抢修钢铁运输线，为了保障志愿军后勤供应响应国家号召建设一条打不垮炸不烂的钢铁运输线（1953年）

劳动人民在水利建设（1953年）

工人开展劳动生产竞赛(1952年)

湖北省委宣传部　组织

楚国八百年

摄制单位：
中央电视台纪录频道
湖北广播电视台

总制片人：向培凤
总 导 演：张晓敏
制 片 人：韩　雯　王晓斌　余立军
导　　演：崔　伊　杨光照　陈思宇　杨小虎
总 撰 稿：张宏杰
摄　　像：赵发仲　曹　晨　朱振营

内 容 简 介

3600 多年前，楚人在商朝军队的驱逐下，被迫离开中原，向南迁徙。几百年间，楚人在黑暗中苦苦等待着重回中原怀抱的机会。经过几代人的经营，楚人终于受封为子爵之国。但是楚人回归中原的满腔热情，被周王朝的一次次傲慢和冷漠浇灭。

西周末年，周王室衰落，熊通自封为王，三次伐随，最终推动楚国成长为一个席卷江汉的强国。春秋争霸时期，楚成王带着没有实现霸主梦的遗憾死去，而他的孙子楚庄王三年不鸣，一鸣惊人，问鼎中原，止戈为武，霸业和仁义兼收并蓄。然而繁荣的物质文明助长了国君奢靡的欲望。

盛世崩塌，只在一瞬。皇族叛乱，楚灵王最终自缢身亡。吴国攻占楚国都城，楚人被伍子胥复仇的利剑深深刺痛。楚国在惊涛骇浪中逃过了灭顶之灾，然而吴起在楚国的变法大业中途夭折，屈原的改革也因贵族势力的阻挠而中断。面对秦国的虎狼之师，楚怀王和他的继承者们都无能为力，承载了 800 年历史的楚国，在战火中深埋于地下。古老的楚文化，又将如何延续自己的生命?

福建省委宣传部　组织

船政学堂

摄制单位：
中央电视台
福建电视台

编　　剧：孙　原　李国泉　郭江山　等
导　　演：孙　原
摄　　像：郑　海　江　强　等

李鸿章思虑北洋水师用人之道

外国摄影师拍摄的福建船政

参加中日甲午海战的福建船政毕业生照片

绘事院群雕

内 容 简 介

本片是一部真实记录近代中国爱国志士奋起抗争、变革图强、发展船政、保卫海疆的大型历史人文纪录片。本片从林则徐与魏源的《海国图志》落笔，生动塑造了左宗棠、沈葆桢、严复、邓世昌等爱国者科技救国的船政精英集体群像，历史地再现了他们冲破晚清王朝的重重局限，以新视野和新方式与西方打交道，在造船工业、海军建设、教育、外交等诸多领域刻苦学习，艰苦奋斗，历经磨难，推动中国近代化进程、推动民族复兴的壮举。在当前海洋竞争日趋激烈，海洋权益保护任务极为繁重的今天，给努力实现中华民族伟大复兴中国梦的人们以深刻启迪。

船政十三厂全景

船政衙门

新疆维吾尔自治区党委宣传部　组织

走进和田

摄制单位：
中国传媒大学电视学院

出 品 人： 苏志武　高晓虹
总 编 导： 孙振虎
总 撰 稿： 郑世明　崔　林
解　　说： 李立宏
总 摄 影： 桂笑冬

内容简介

本片分为“绿洲和弦”“人文咏叹”“时光协奏”“岁月交响”4集，分别从自然、人文、物产、历史的角度来展现和田。作为首部全景式反映新疆和田的纪录片，本片将和田的灿烂文化、悠久历史、地理风貌、独特生态、遗址古迹、丝路文明、绿洲文化和独特民俗、社会变迁、时代进步等题材熔于一炉，引导人们客观而深入地了解和田。

在为时两年的摄制过程中，创作团队先后有70多人次奔赴和田实地采访拍摄，他们不畏艰险，进入昆仑山区、深入沙漠腹地，拍摄记录了和田百姓的日常生活。创作团队在各个环节努力创新摄制手法，他们专门组建了航拍小组，并使用了水下摄影、3D等先进的拍摄技术与手法，在展现和田山川风物和历史人文的过程中，也贯注了深沉的家国情怀和文化思虑。

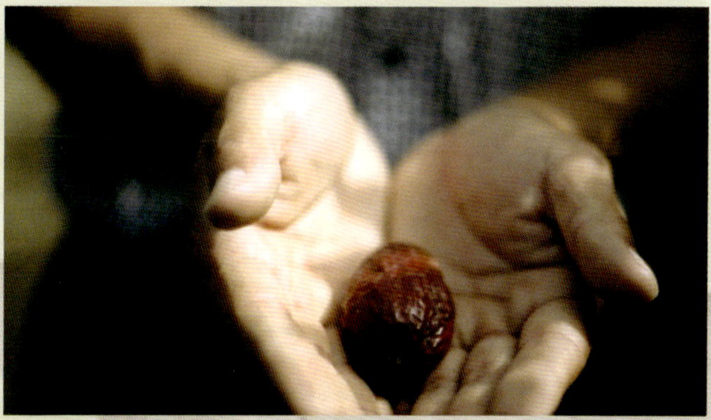

安徽省委宣传部　组织

大黄山

摄制单位：
中央电视台
安徽广播电视台

编　　剧：侯卫东　杨　飙
　　　　　　祝凤鸣
导　　演：王振涛　孙　辉
　　　　　　郭　巍　张成军　等
摄　　像：贾利玮　从晓阳
　　　　　　倪志强　金一丁　等

内 容 简 介

黄山，集天下名山之大成，赢得“登黄山天下无山”之认同。作为目前中国唯一的集世界文化遗产、世界自然遗产、世界地质公园三顶桂冠于一身的世界级风景名胜区，黄山以其奇伟壮美的自然风光、悠远深邃的人文底蕴享誉世界。云海、瀑布、奇松、怪石等，黄山无不兼而有之，并名扬天下。古往今来，游历黄山的文人骚客无不感叹其雄伟、险峻、秀丽！

本片用国际视角和国际表达讲述黄山前世今生的故事，运用航拍和航模拍摄等技术手段呈现一场视觉盛宴。本片不仅展示黄山作为“天下第一奇山”的绝美风光，更多呈现出黄山人的生存状态和精神世界，讴歌大自然的生命力和人类的创造力。全片分为《人间仙境》《生灵天堂》《石破天惊》《筑梦徽州》《山水画卷》《秘境之地》6 集，从黄山的自然风物、历史人文和社会生活的多维视角，构建出一个全新的黄山视听形象。片中的黄山，不仅是徽文化的重要象征和载体，更寄托了中国人对于“美”的思考和理解。

海南省委宣传部 组织

海之南

摄制单位：
海南省委宣传部
华风气象传媒

编　　剧：杨晓民
导　　演：周　塬　谢弯棠
李星良　柴琅森
摄　　像：王瑞涛　薛微妙
周年青　柴琅森

内 容 简 介

海南，有着较为独特的自然禀赋和相对独立的文化演进路径。它以自己数千年的人文创造，参与了中华文明的建构，是中国历史文化不可或缺的一部分。然而，在以农耕文明为中心的历史记载中，地处边远的海南极少得到关注。

本片从本土视角也即海南视角出发，立足海南本土，在历史的变迁中挖掘那些构成海南禀赋的独特元素，从生态、美食、风物、民族、民俗、城市文明和海洋精神等方面，用影像呈现海南在建构中国历史文化中的独特价值和特殊贡献，重建一部真切自然的海南影像。通过对区域局部的端详和审视，领悟海南本土的自在之美。

吉林省委宣传部　组织

东北抗联

摄制单位：
吉林电视台

总 编 导： 李晓兵
撰　　稿： 王　森　金　颖
摄　　像： 宋彦巍　李　兆
焦　博　邢　程　等

内 容 简 介

本片是历史上首次大规模、立体式地展示东北抗联 14 年抗战历史的一部纪录片，全方位地再现了他们对全国抗战及世界反法西斯战争所做出的重要贡献。

东北抗日联军是中国共产党创建和领导的东北各族人民的抗日武装，东北抗联 14 年的战斗史，是中国人民抗日战争乃至世界反法西斯战争的重要组成部分。这支军队，在艰苦卓绝的条件下，同日本侵略军浴血奋战，前赴后继，英勇不屈，歼灭了大量日伪军，牵制了敌人的大量兵力，为东北和全国抗日战争胜利做出了重要贡献，并涌现出杨靖宇、赵尚志、周保中、李兆麟、魏拯民、冯仲云、赵一曼等一大批民族英雄。

本片按照时间线索分为 8 集，充分搜集已有的抗联历史研究成果，并采用新发现的有关东北抗日义勇军的史料对这段历史进行了真实细腻的再现，并对其精神内核进行了深入挖掘。在反抗日本帝国主义侵略的伟大战争中，抗联将士们百折不挠、前赴后继，表现出把个人命运与国家民族命运紧密联系在一起，坚持抗日到底、坚定抗日必胜的信心决心，更展现出不怕艰苦、不怕牺牲、敢于献身的抗联精神。

第十三届“五个一工程”

中 华 艺 术 之 花

广播剧

Radio Drama

天津市委宣传部　组织

重整河山待后生

制作单位：
天津广播电视台
天津小说广播

编　剧：吴震巧　袁汝桀　李　娟
导　演：刘　青
演　播：刘　青　王继世　冯新蕊　董　青

故事梗概

20世纪80年代，为纪念抗日战争胜利40周年，骆玉笙饱含激情地演唱了电视连续剧《四世同堂》主题歌《重整河山待后生》。凄凉悲壮、激愤高亢的旋律唱出了顽强不屈的民族精神，独具艺术魅力的“骆派”京韵大鼓响彻华夏大地。

《重整河山待后生》的作曲者之一、音乐家雷振邦全力邀请骆玉笙为歌曲献唱，骆玉笙并没有直接同意。此后，雷振邦亲自登门请骆玉笙出山，一封家书触动了骆玉笙内心深处的亲情，国耻家仇迸发而出，骆玉笙最终接受邀请。录制伊始，骆玉笙开始与交响乐队磨合。为寻找灵感，她来到卢沟桥，此地此景勾起她对日军侵华时自己艺术生涯的苦涩回忆……

从拒绝演唱邀请、被作品吸引、同意演唱再到激情演绎，《重整河山待后生》成为经典艺术作品的曲折过程见证了骆玉笙为人民演唱的崇高精神和勇于创新的艺术追求。

这部广播剧热情歌颂了骆玉笙以歌传情激励人们勿忘国耻的爱国情怀，大力弘扬了社会主义核心价值观，还侧面描写了骆玉笙与胡絜青、雷振邦等艺术家惺惺相惜的美好情愫，传递出温暖感人的正能量。剧中使用了珍贵的录音素材，并特邀京韵大鼓器乐专家进行器乐编配，整体收听效果逼真、优美，一曲终了，让人意犹未尽。

北京市委宣传部　组织

让我陪你看夕阳

制作单位：
北京电台文艺广播

编　剧：汪一涵　徐　然
导　演：邵　军　周　婷
演　播：邓晓鸥　张　赫　黄小立

故事梗概

在一个以老年人为主的幸福社区里，新社区主任李英子刚刚上任，就遇到了千头万绪的老年人问题。独居的赵大爷在家中摔骨折，两天后才被人发现，英子带人破门而入才把老人救下。丧偶的张大爷子女都不在身边，他故意堵塞马桶、噪声扰民、频频按下呼叫器叫人，只是为了跟人说说话排解寂寞。得了癌症的刘大妈不肯去医院，为了不拖累子女甚至打算轻生。

面对这些忙碌琐碎的工作，英子鞠躬尽瘁。她开办老年人餐厅，解决老年人的吃饭问题。她跑手续、招人手，不断完善社区的医疗服务体系，让老人们小病不出社区。为了独居老人的人身安全，她从网上订购了呼叫系统，建立起老年人社区呼叫网络。为了排解老年人的精神孤独，她让年轻的社工教会老人使用微信、加强沟通联络。可是，就在英子为全社区的老人奔忙时，她自己的父亲却突发心脏病离开了人世。英子压抑着父亲离世的巨大痛苦，坚持工作，却引发了社区群众的误会。

最终，经过李英子等干部群众的不懈努力，幸福社区被评为先进社区，真正成为了一个“没有围墙的养老院”，成为老年人安居乐业的乐园。重阳节到了，老人们齐聚一堂，其乐融融……

宁夏回族自治区党委宣传部　上海市委宣传部　组织

我有一片阳光

制作单位：
宁夏广播电视台
宝安广电中心
上海市重大文艺创作领导办公室

编　剧：牛金瓶
导　演：王之娇
演　播：韩童生　伍凤春　白　马　任　杰　等

故事梗概

广播剧《我有一片阳光》以支边教师冯志远20世纪50年代从上海远赴宁夏中宁县教书育人42年，培育出上万名学生的感人事迹为素材，撷取他失明前的一段特别的人生重要时刻作为故事的切入点，全景式地展现了冯志远的整个支教生涯，成功塑造了一个表面平静而内心却是一腔热血波涛滚滚的人民教师形象。

在多年支边之后，冯志远下定决心要回上海，弥补这么多年来对家人的亏欠。然而刚回上海，他就发现自己患了眼疾，并且很快就会失明。同时，远在宁夏的学生又打来电话，告诉他学校里一些同学开始退学。出于对学生的牵挂，也担心自己失明之后在上海找不到工作拖累家人，他产生了重回宁夏的想法，这引起了家人的担忧。

关键时刻，是那些可爱的学生，给了他活下去的信心、乐趣与勇气；当然，还有他可爱的儿子那句："我的爸爸是最了不起的爸爸！爸爸，我决定了，我填报高考志愿的时候，就报师范院校。"以及善解人意的妻子那句："这是命运的安排，那我也就只能接受了。等孩子上大学了，我就申请调过来，圆我青春时代那个未了的支教梦。到那时，我要好好地陪陪你，好好地尽一尽我当妻子的责任……"患难见真情，骨肉至亲的寥寥数语，让冯志远感动得大哭，并发出感激心声。

冯老师的眼睛虽然失去了光明，但是对学生的爱丝毫不减，他用生命中的光芒映照着边区的孩子，也让自己的生命充满了阳光，使他的人生价值得到实现和升华。

黑龙江省委宣传部　组织

大庆人在非洲

制作单位：
黑龙江人民广播电台

编　剧：饶津发　郝佳音
导　演：王　锐
演　播：周建龙　钟　阳

故事梗概

广播剧《大庆人在非洲》以大庆1205钻井队队长李新民为生活原型。故事以大庆成功实现从能源开采到技术输出的经济发展转型，进军国际石油开发尖端领域为背景，讲述在李新民的带领下，这支具有优良传统的采油钻井先锋队伍奔赴苏丹，凭借中国大庆石油所具备的世界最先进的石油生产技术和勤勉踏实的工作作风，打败西方大国老牌竞争对手，圆满完成为当地开发油田的任务，彰显了中国经济技术发展的硬实力，为祖国赢得荣誉，树立了良好的国际形象。

该剧通过生动的人物和感人的故事，阐述和表现“大庆精神”“铁人精神”的时代新特征、新内涵，张扬了强烈的国家荣誉感和民族自豪感，并用广播艺术的独特艺术效果，告诉人们，经过50多年的风雨洗礼和磨砺锻铸，“大庆精神”“铁人精神”历久弥新，不断焕发出蓬勃的生机和活力，是新时期中华民族宝贵的精神财富，也是实现中华民族伟大复兴中国梦的强大精神力量。

该剧综合调动广播艺术的各种手段，既有荡气回肠的家国情怀，又有细腻动人的人物刻画，既有时代厚重感，又融入浓郁的非洲特色，是一部能够激发人们民族自信心、自豪感和对构筑中国梦的热爱与向往的精品力作。

吉林省委宣传部　组织

野鸭岛

制作单位：
吉林人民广播电台

编　剧：于亚南　王阿木
导　演：周　霆
演　播：张遥函　刘秀云　赵述仁
李慧敏　伍凤春

故事梗概

江城市有一座江心岛，随着城市的快速发展和生态环境的变化，岛上的野生鸟类越来越罕见了。下岗工人田大川自谋生路成为松花江边的一个摆渡人。一次偶然救治了被偷猎者打伤的野鸭之后，他义无反顾地当上了江城义务护鸟人。他最大的梦想就是能把小岛变成鸟儿自由栖息的美好家园。

为了护鸟，田大川难得陪伴家人，他微薄收入的大部分都用来购买鸟食，自己却常常啃着馒头就着凉水充饥。社会上的风言风语和妻子淑芳的不理解一度让田大川困惑和痛心，贩卖野生动物的酒店老板林燕和偷猎者李山将田大川视为眼中钉，不但威胁他，还凿穿了他的摆渡船，然而这些都没能阻止田大川的护鸟梦。

田大川持之以恒的坚持，终于得到了社会和广大市民的理解支持。越来越多的市民在田大川的带动和影响下加入了松花江护鸟队伍，市民们以各种方式支援他的护鸟行动。寒来暑往，他们为鸟儿们撑起了一片遮风挡雨的天空。正在筹备开发小岛的房地产公司董事长胖老头在当地调研过程中，被田大川的精神打动，将已购得的土地使用权无偿捐献出来建设“野鸭岛湿地公园”，田大川的护鸟梦终于得以实现。

河北省委宣传部　组织

一个县委书记的担当

制作单位：
河北人民广播电台

编　剧： 刘冬立
导　演： 王　冀　任小敏
演　播： 赵　岭　李野默　方子春
严延生　张瑶函

故事梗概

20世纪80年代初，古城正定迎来了一位年仅28岁的年轻的县委副书记：他15岁就在陕西插队、曾任村党支部书记、清华大学毕业、放弃中央军委优越的工作自愿前来扎根基层，起初当地干部群众对这位“京官下派、嘴上没毛”的年轻人将信将疑，以为无非是下来做做样子，用不了半年就会卷铺盖走人。然而，人们很快就打消了顾虑——这位小伙儿晴天晒出的褥子打着五颜六色的补丁、一身旧军装永远像个退伍兵、和大家一起圪蹴着吃饭、登门拜访当地名人、骑着自行车深入滹沱河两岸与百姓拉家常交朋友、大槐树下现场办公、恳求大家把他当成“自家的兄弟子侄”……一下子赢得了人们的信赖，而他表现出的思想解放、改革魄力、亲民作风、执政理念也让大家刮目相看。他慧眼识才知人善任：与“河北文学界领军人物”贾大川相识、相交、相熟、相知，打破党外人士不任正职的“老规矩”，力排众议任命贾大川为文化局长，确定以文化辐射经济的发展思路。

他不唯上、只唯实，顶住压力上书中央减征正定不堪重负的公粮征购指标，使46万正定人民得以休养生息，并通过大力调整农业结构使经济发展驶入快车道。他还提出并实施了利用紧邻省会的优势，发展正定“半城郊型”经济的思路。

他提倡“功成不必在我”的执政理念：立足正定历史文化资源旅游兴县、带动“三产”。为把正定打造成距石家庄最近的旅游窗口，他奔走游说、不辞劳苦，抓住央视筹拍电视连续剧《红楼梦》的契机，筹建“荣国府”，当年即创造旅游收入1000多万元，“正定旅游模式”在全国引起轰动。

他说，一个人对一个地方的感情深不深，主要不在工作时间长短，关键在于能否为官一任，造福一方，为一个地方干几件实事！

江西省委宣传部　组织

本　色

制作单位：
江西广播电视台
中共萍乡市委宣传部
萍乡市广播电视台

编　剧：张安华
导　演：胡培奋
演　播：吕　中　薛　白　吴俊全

故事梗概

本剧以甘祖昌将军决定回江西老家当农民为开篇，甘祖昌认为自己身体状态差，当领导会误事，不能躺在功劳簿上吃老本，他想回老家帮烈属们做点实事，努力改变家乡面貌。龚全珍由不理解到支持，夫妻俩做通了孩子们的工作，全家人于 1957 年回到了江西省莲花县坊楼乡沿背村。

甘祖昌一家刚回莲花老家不久，村里就发洪水冲断了前村的桥，甘祖昌拿出部队给的安家费和家里的积蓄，带领村里的青壮年买钢筋水泥准备在前村修一座新的水泥大桥。龚全珍也没闲着，这段时间除了照顾革命烈属熊婶，她还发现很多适龄孩子不能上学，于是决定去县里应聘老师，为山区的孩子做点事。从此龚全珍一心扑在工作上，甘祖昌更是舍小家顾大家，带领乡亲们建大坝、修水库、筑公路、开水渠，孩子们则在独立生活中爱上了劳动与付出。回乡 29 年来，甘祖昌和乡亲们用一筐筐的土，一镐镐的挖掘修成了 3 座水库、4 座电站、3 条公路、12 座桥梁和一条 25 公里长的水渠，龚全珍也桃李满天下，他们的儿女戏称“爸爸是农业社的爸爸，妈妈是农业社的妈妈”。

1986 年甘祖昌去世后，老年的龚全珍依然通过点点滴滴的努力，为建设和谐社区贡献着自己的光和热，90 岁高龄的龚全珍还在小区成立了龚全珍工作室，用言传身教践行自己老党员的精神……

安徽省委宣传部　组织

爸爸的脊梁

制作单位：
安徽广播电视台

编　剧： 吕　卉
导　演： 邹晓利　甄　臻　王　锐
演　播： 赵　岭　洪　涛　郝幽月
伍凤春　张　璐

故事梗概

在女儿典典的童年记忆里，爸爸邓稼先脊梁挺拔，经常把自己和弟弟扛在肩上、驮在背上。但人生的转折往往在不经意间到来，1958 年夏天的一个晚上，爸爸心事重重又按捺不住兴奋地回到家，第二天，爸爸带着全家照了一张合影，那以后，爸爸就“失踪”了。家人不知道他在做什么，也不知道他在哪里，甚至不知道他是不是还活着。

在典典成长过程里，关于爸爸的回忆是片段式的：

1964 年，典典 10 岁时，奶奶弥留之际，爸爸还没赶到病床前，一位首长派人给妈妈送来一张套红的《人民日报》，上面的消息说，中国第一颗原子弹试爆成功。妈妈若有所悟，随即喜极而泣。

1967 年，典典 13 岁时，“文化大革命”中，妈妈被拉去批斗，爸爸却因为紧急任务立刻要赶回基地，典典恨爸爸的无情，哭喊着说要打倒他。爸爸被最亲的人误解，却什么也不能说。

14 岁，典典到内蒙古当了一名军垦战士。有一天，爸爸突然千里迢迢地背着两个肉罐头去看她，心疼地看着她把罐头吃完，又一个人走路去火车站。爸爸离去的背影，脊梁有点弯曲，像被什么重担压着。典典不知道，那两个罐头，是爸爸在戈壁滩上节省下来的，爸爸把身上所有的钱和粮票都留给她，饿着肚子回到北京。

典典 23 岁时，国家恢复高考制度，爸爸每天半夜下班回家，给小学程度的女儿恶补中学物理。典典看着爸爸头上早生的白发和驼背，咬牙努力学习，奇迹般地考入北京医学院。

典典 30 多岁时，海外留学的典典赶回北京，爸爸已经因为核辐射导致的直肠癌，躺在病床上。此时的典典已经知道爸爸的卓著功勋，想起自己往日对爸爸的误解，痛悔不已。父女俩相拥而泣。最坚强的人在生命的最后时刻终于敞开了心扉。

湖北省委宣传部　组织

格桑花开

制作单位：
湖北广播电视台

编　剧： 姚　华　梁　延
导　演： 古　田
演　播： 阎萌萌　齐克建　王　恺
赵　岭　邓小鸥　伍凤春
任　杰　孟　宇　杨　莹
达瓦玉珍　达瓦茨仁　米玛加布

故事梗概

江汉生是武汉协和医院负有盛名的心内科专家，儿子江承志在取得医学博士的学位后，来到父亲工作的医院科室工作，年轻气盛的他一心想早日取得科研成果证明自己，父亲却坚持让他先实践、后理论。

江承志接到了著名杂志的论文邀约，父母却让他陪同一起去西藏提供医疗援助。在一次激烈地争执后，江承志百般不情愿地踏上了陪父母进藏的路。

一进藏区，就遇到了藏民突发肠梗阻，江汉生不顾一切上前施救，在藏胞崇敬的眼神和“神医”的喃喃感叹中，江承志了解到了父亲曾和同学援藏的往事。江承志遇到了藏民加措，他们一同深入高原行医，而一路上看到的藏民小学、援藏战友李冬梅纪念牌似乎都在诉说着另一个神秘的故事。

在一次筛查先心病藏胞儿童的路上，江承志和母亲金兰意外遇到了雪崩。加措不顾自己的性命奋勇救助金兰母子，自己却被雪块击中。江汉生要江承志亲自来做这个手术。

在江汉生的指导下，手术非常成功。可质朴的加措为何开口却说：“不是我救了你，是你们又救了我！”母亲金兰感情失控，揭开了一个隐藏28年的秘密：江承志的亲生母亲就是那纪念牌上刻着的“李冬梅”！李冬梅在雪崩压倒学校教室时，因救助加措被雪块击中而牺牲！

历史是如此的巧合，原来早就与这格桑花开的地方结下了不解之缘啊！江承志被震撼了，在他年轻的生命背后，凝聚着怎样的爱与奉献啊！生母的坟前已格桑花烂漫，跪在花丛中的他终将作出怎样的抉择？

山东省委宣传部　国家新闻出版广电总局　组织

中国船长

制作单位：
青岛广播电视台
中央人民广播电台

编　剧：阚　平　栾春妮
导　演：胡培奋
演　播：赵　岭　邓小鸥　齐克建　任　杰

故事梗概

2012 年 11 月 18 日，被誉为“中国职业帆船第一人”的青岛人郭川，由青岛奥帆中心码头出发，开始了他新的帆船极限挑战——无助力 40 英尺级帆船单人不间断环球航行。

航行伊始，船就遭遇了的“渔网阵”和水力发电机故障的考验。随后大前帆在一次突发飓风中，断裂坠海，球帆被绳索缠住，无法使用，航行的危险系数骤然加大。断裂大前帆的碎片残留在桅杆顶部，严重影响了帆的升降，为了不影响航程，郭川决定冒险爬到 18 米高的桅杆顶部清除残帆碎片，并解开被绳索缠住的球帆，经过一番努力，在 2013 年新年这一天，郭川终于成功完成了工作。

航行的第 48 天，郭川在船上通过视频，和家人一起度过了 48 岁的生日。即将到达世界上海况最恶劣的合恩角时，郭川再次遇上飓风大浪，像《老人与海》中那位勇猛的老人，郭川用自己不屈的意志与大海顽强抗争。

2013 年 1 月 19 日，郭川在历经艰险后，终于到达素有“海上珠穆朗玛”之称的合恩角，作为第一个单人驾驶帆船驶过合恩角的中国人，郭川泪流满面，对着船上升起的五星红旗激动地喊着：中国，我爱你！

在驶近马六甲海峡时，郭川碰上了海盗，幸亏反应及时逃离，躲过一劫。进入南中国海，为了早日回家，郭川不顾团队成员的建议，执意走台湾海峡。没想到这段路却是对郭川最大的挑战，此时的“青岛号”帆船已千疮百孔，在和风浪的搏斗中，他三天三夜未合眼，心理和体力承受达到极限！

2013 年 4 月 5 日，郭历尽千难万险后终于成功返回母港青岛。人群的欢呼声逐渐汇成声浪，那就是中国船长……中国船长！

广东省委宣传部　组织

疍家小渔村

制作单位：
深圳广播电影电视集团

编　剧： 刘　强　李　静
导　演： 夏要民　高明洁
演　播： 吴俊全　邓小鸥

故事梗概

本剧通过疍家和小渔村这两扇极具深圳特色的小窗，浓缩展现深圳改革开放30年历史巨变，表现了中国共产党“从群众中来，到群众中去”的一贯路线。该剧以博大的人文情怀热切关注、讴歌了那些诚实劳动创造美好生活的人们所承载的社会责任与历史命运，具有浑朴而流畅自然的史诗品格，是对“大时代风云、小时代悲欢”的真诚礼赞。

全剧共分4集：第一，逃港是在“用脚投票”，请用好“第一桶金”；第二，致富不能靠卖地，要用地建学校，掌握文化；第三，要有大海一样的胸怀，向大海要陆地；第四，社会主义新农业，尝试有机开发环保。

辽宁省委宣传部　组织

照片中的回忆

制作单位：
沈阳广播电视台

编　剧：李多娇
导　演：宋　薇
演　播：芒　来　滕奎兴　佟　鑫　周建龙　徐　军　等

故事梗概

2012年11月25日，当歼15战机成功着陆航空母舰时，罗阳却因劳累过度、心脏病突发，以身殉职。徐闯在悲痛中接到为罗阳制作遗像的任务，在浏览罗阳生前的照片时，罗阳的闪光事迹一幕幕呈现开来：

在航空母舰上，罗阳为了战机的生产，压力大，嘴起泡，舰载机成功着舰后他高兴得像孩子，大家都在欢庆的时候，他忙着拜师求教，心脏不舒服，他咬紧牙关，不肯添乱；当新战机机型在生产中发生漏油事故时，罗阳勇担责任，推迟新机下线，最后销毁了所有不合格配件；深夜他到一线车间视察，解决生产困难，甚至挽着袖子和职工一起攻克难题；生日家宴上，他把劳动奖章献给妈妈，以表达不能天天侍奉身边的愧疚；罗阳与徐闯在舰上唯一的一次长时间对话，展现了罗阳身心所承受的巨大压力，以及他内心深处航空报国的坚定信仰……

在回忆照片展现的故事中，既有罗阳对事业的热爱、执着，也有生动有趣的生活琐事；有成功的喜悦，也有遇到困难和挫折时的沉着镇定，危险时的奋不顾身；有欢笑，也有泪水，有困惑、沮丧，也有欢乐、喜悦，很鲜活，很真实，给人留下了深刻的印象。

徐闯的回忆，倾注了对老战友罗阳的深深情意，也表达了一位专业摄影师对航空事业的热爱，对成千上万默默献身航空工业的同行们的崇敬。

青海省委宣传部　组织

你的飞翔我的梦

制作单位：
青海广播电视台
宁波人民广播电台

编　剧： 张明媛　徐明鸣
导　演： 雪　莉
演　播： 钟　扬　璐　璐　齐鹏飞
尹瀚羿　等

故事梗概

本剧取材于一所智障儿童学校校长刘佳芬及教师群体和一群智力障碍孩子之间真实的故事。该剧真实再现了达敏学校在“特殊教育”社区融合、“生涯教育”接轨社会模式上的努力和探索，展现了“达敏模式”作为“中国特教样本”的示范和推广意义。剧中以新入校老师宋真真、校长吕佳雯、智障孩子肖乐平等人物为主线，以刘佳芬的事迹为创作原型，同时又不局限于事迹本身。还原了一个长期以来从事并热爱特殊教育的老师的生活及事业本真，并通过故事延展，从家庭、社会、教育等多角度聚集“特殊教育事业”。

从“一切为了孩子的生存”到“一切为了孩子的生存和发展”，再到“让他们有尊严地生活”，刘佳芬经历了一位特殊教育工作者的成长与成熟，艰难创出一份特殊教育的“中国样本”。从自编教材到模拟教学再到社区化教学，重度学生要学会生活自理，中度学生要适应社会，轻度学生要自食其力。她实现了“以生活为中心”的分层教学改革方案，让“生涯教育”接轨社会。

江苏省委宣传部　西藏自治区党委宣传部　组织

雪域彩虹

制作单位：
南京市文联
西藏戏剧家协会
南京市鼓楼区委宣传部

编　剧： 周树山
导　演： 王　锐
演　播： 伍凤春　乔　琛　白　马
严燕声　洪　涛　任　杰
严萌萌　王　磊　张遥寒

故事梗概

本剧取材于民国时期入藏使者刘曼卿历尽千辛万苦，挫败英国殖民者及西藏上层分裂主义分子的重重阻挠，前往拉萨，会见十三世达赖喇嘛，阐明中央政府对西藏的态度和立场，使十三世达赖喇嘛明确表态“不亲英人，不背中央”，维护民族团结和领土主权的历史事件，表现了中华大家庭各民族团结的主题。

故事波澜起伏，引人入胜，既有载入史册的人物及重大历史事件，又有跌宕起伏的情节和剧中人物催人泪下的情感世界，既有云谲波诡的政治风云又有鲜明突出的地域特色。在人与社会、人与自然，人与人的戏剧冲突中写出了人物性格和人物丰富的精神境界，被专家们推许为起点高、基础好，宣传民族友好正能量，具有历史凝重感，在主旋律作品中赋予内在生命和美感的好作品。

内蒙古自治区党委宣传部　组织

宗　旨

制作单位：
内蒙古自治区土默特右旗委宣传部
内蒙古自治区土默特右旗广播电台

编　剧： 单玉杰
导　演： 王　波
演　播： 王　波　洪　涛　张　慧
任　杰　赵述仁　田二喜
李慧敏　乔　琛　杨根河
巴　特　崔雪莉

故事梗概

冯海带着市委的重要指示，调任土默特右旗旗委书记。刚到土右旗工作，就遇到了村民反映村支书王金宝私卖田地、侵吞地款的问题。

在利用 3 个月走遍全旗乡镇村户后，冯海和驻村工作队总结完善了“四五六”工作法。旗委召开扩大会议，交通局王尚乐局长提出要着力解决联系服务群众“最后一公里”的问题。大家共同决定，将会议下移，下村走完“最后一公里”。

走完“最后一公里”后，党员干部纷纷表示要主动下乡，冯海表示支持，并建议旗委扩大会议在沟梁村闭幕。会上，旗委已经正式批准在全旗推广“四五六”工作法。它的要点可以归纳为：一是建立联系卡；二是每个月走访一遍村委会，每季度走访一遍帮困对象，每半年走访一遍模范人物、工商个体户。冯海强调，“四五六”工作法是一个工作守则，也是一套刚性的制约、考评办法，用制度来强化群众工作观念，改变工作作风，目的就是用制度追着干部跑，让干部围着群众转，发扬修好“最后一公里路”的精神和“把每一滴水送到树根儿”的精神，实打实地为人民群众服务，全心全意为人民谋幸福！

重庆市委宣传部　组织

默默流淌的爱

制作单位：
重庆万州广播电视台

编　剧：姚　华
导　演：胡培奋
演　播：季冠霖　薛　白　赵　岭
邓小鸥　张瑶函

故事梗概

山区女孩谷小凤 11 岁时爸爸因病早逝，面对瘫痪在床的妈妈和 5 岁的弟弟，虽有村委会的关照和四邻的帮忙，但这个缺少劳动力的家庭，依然是贫困交加。柔弱的小凤在没有办法的情形下，想到了卖头发给妈妈买止痛药。她的善良、自尊、自强打动了记者，记者写下一篇报道。一时间，市民一双双温暖的手，伸向了这个在贫困中苦苦挣扎的家。一个署名“尹明”的人，每当春秋两季开学前，对小凤的捐助款就寄到村委会，甚至在他上手术台前，还给小凤写信，告诉她如若自己下不了手术台，会有人秉承他的心意，助她完成学业。

面对“尹明”的无私的帮助，谷小凤一边寻找“尹明”，一边刻苦学习。在“尹明”爱心的鼓励下，她把尹明寄给她的钱转捐给受灾的乡邻，自己喂猪喂鸡补贴家用，小凤怀揣着一颗感恩的心，走进了她梦寐以求的高等学府。而尹明对小凤的资助，依然以固定的时间和方式，如期而至。他的爱心延续了 13 年。小凤贷款上了大学，她决心当一名乡村教师，回报“尹明”和乡亲们。

在大范围寻找“尹明”的过程中，小凤跟随记者见到许多像“尹明”一样的人。她终于明白了，其实，她已经找到了无数个“尹明”。谷小凤说出了心里的话：“我常想，我是一个不幸的孩子，但我又是一个多么幸福的孩子。生活在这个温暖的社会，遇上了您和那么多充满爱心的人。我现在懂了，尹明就是您，就是他，就是每一个有爱心的人。”

福建省委宣传部　组织

跨越海峡的追寻

制作单位：
福建省广播影视集团

编　剧： 周　易
导　演： 胡培奋
演　播： 吕　中　吴俊全　等

故事梗概

本剧通过跨越海峡追寻烈士遗骸的过程，塑造了以朱枫为代表的一批共产党员在新中国成立初期受党的委派，在台湾进行地下斗争，坚强不屈，最终光荣牺牲的英雄形象。

朱枫烈士是打入台湾国民党内部最高军事上层、被中央命名为“密使一号”的吴石将军的交通员，为党传递了大量的有价值的情报，当其中最重要的台湾海防军事分布图送到中央军委时，毛泽东主席激动之余赋诗一首：“惊涛拍孤岛，碧波映天晓。虎穴藏忠魂，曙光迎来早。”后因叛徒出卖，朱枫同志于1950年6月英勇就义。朱枫同志牺牲后，她的忠骨到底遗落何方，成为党组织和其亲属关心的问题。随着两岸关系的不断缓和，两岸有关人士经过不懈努力，终于找到了朱枫烈士的遗骨，并于2010年12月隆重护送回北京。

60年的等待，60年的漫漫回家路，英烈终于回到了故乡。

浙江省委宣传部　组织

海螺心

制作单位：
浙江广播电视集团

编　剧：董慧临　姚　华
导　演：胡培奋
演　播：薛　白　赵　岭　等

故事梗概

年逾古稀的古建筑专家马树良丧偶多年，一天，他从老家海岛上接来风烛残年的老太太，向儿女们宣布：这就是你们的继母杨阿姨。

10 年过去了，马树良在完成了百万字的书稿后，生命也走到了尽头，弥留之际，什么都没有提，只是反复说着一句话：要照顾好杨阿姨……

料理完后事，儿女们想把父亲的遗产清点一下，被杨阿姨急忙阻拦了。

马一江来到老家东海花岩岛，得知了一个惊天秘密：杨阿姨是父亲的结发妻子！

新中国成立前夕，渔霸女儿杨海莲，跟相恋的穷苦同学马树良私奔到省城，两人以海螺壳雕刻的心为证：海枯石烂永不分离！没几天就解放了，花岩岛上的人都被国民党抓去了台湾，杨海莲跟家人失去了联系。

政治风暴来了，杨海莲的渔霸出身成了大问题，为了不让丈夫受牵连，杨海莲不顾马树良的再三恳求，毅然决然提出了离婚，并独自一人回到老家，暗中挑起了照顾马树良母亲的担子。

人生不堪回首。晚年鳏居的马树良体弱多病，得知杨海莲早年参加荒岛开垦，后又留岛开办学校，为海岛的教育奉献了毕生的心血，至今依旧孑然一身，不禁感慨万千，于是，他把杨海莲接到了城里，再续前缘……

儿女们得知这些后，心潮起伏，为杨阿姨这种牺牲自己成全他人的无私奉献精神而感动。

兄妹再次来到父亲家，杨阿姨已经不辞而别，留下了遗产清单：“孩子们，我回花岩岛了。我只把那个小盒子带走了，那里面，是你们的爸爸留给我的念想——海螺心，还有一块政府发的垦荒纪念章，是我第二次嫁给你爸爸的唯一的嫁妆。这两样东西，是我一生真正的财富啊。”

云南省委宣传部　组织

打工局长

制作单位：
云南广播电视台

编　剧： 乔嘉瑞　李湄燕
导　演： 李湄燕
演　播： 白　马　钟　阳　张启明
悦　童　苏友强

故事梗概

2010年元旦刚过，云南小城沾益县大坡乡的春节气氛开始变得浓重起来。此时此刻，陈家顺却带着女儿开车行驶在盘山路上。

春节过后，陈家顺带着家乡的农民工来到义乌，顺利地安排了工作。没有想到刚刚与工厂老板签好合同的村民们罢工了，陈家顺及时找到工人们，了解到原来是因为文化差异和饮食习惯不同引起了误会。陈家顺帮大家解除了误会，同时也告诉大家，出来打工签了合同就要遵守法律。

村民尹国华却嫌在工厂打工工资低，不辞而别，自己到货场当搬运工，没想到因伤住进了医院，老板以没有签订用工合同为由不愿承担责任。陈家顺赶到医院垫付了医药费，并与同事一起照顾手术后的尹国华，经过多方奔走，维护了尹国华的合法权益。

为了解养猪场工作是否适合年纪大的农民工，陈家顺亲自卧底调查，在养猪场与农民工同吃同住，了解工作强度、工资待遇等情况。为了掌握女工们的打工情况，陈家顺让妻子也到工厂打工。

春节又到了，随着返乡过年的除了外出打工的农民工外，还有义乌商会会长、养猪场场长、工厂厂长等，他们把打工的农民工送回来，同时，也来签订合同，想要招收更多的工人。陈家顺告诉他们：我相信，每一个沾益县的兄弟姐妹都会在外面的世界干出个样来，我相信，这也是天下所有打工者共同的愿望！

四川省委宣传部　组织

父　亲

制作单位：
四川广播电视台

编　剧： 诗　畅　郭　宏
导　演： 郭　宏　王　丹
演　播： 廖文江　任　杰　等

故事梗概

全剧分为 4 个单元共 12 集，分别讲述了以邓小平为主人公的有关 5 块银圆、革命萌芽、探寻真理、秘战上海、百色举义、鏖战太行、天堑通途、栽种风景、打破坚冰、夫妻情深、还我香港、巴蜀乡情的故事，着力描写了邓小平等老一辈无产阶级革命家的感人故事。

从儿时邓小平的 5 块银圆之谜，到少年邓小平的家事风波；从青年邓小平憧憬今后要让娃娃们每天都能吃上担担面、棒棒鸡、麻辣火锅、赖汤圆，到中年邓小平为修建成渝铁路打赌，“要是成渝铁路没准时完工，就喊火车从我肚皮上头开过去”；从新婚燕尔的邓小平纵身上马奔赴前线，告别自己的新婚妻子，那位“聪明的小姑娘”，到老年时的邓小平老哥们似的和北京天坛植树工开玩笑、交朋友；从邓小平和“犹太老狐狸”的相遇，到金庸先生给邓小平送来的“夜宵”；从邓小平恭敬面对舅舅的责问，到邓小平和一个四川流浪女孩相约回家过年，这部广播剧写出了一个活脱脱的邓小平，刻画了一个活脱脱的四川人！

山西省委宣传部　组织

种树人

制作单位：
山西广播电视台

编　剧： 刘康达
导　演： 王　锐　陆　霞
演　播： 洪　涛　张遥函　任　杰　严燕生　乔　琛

故事梗概

晋西北长城脚下的右玉县靠近毛乌素沙漠，那里曾流传着这样的民谣："一年一场风，从春刮到冬""十里不见人，百里不见树"。65年前，新中国刚刚成立的第23天，右玉县第一任县委书记张荣怀上任，在那片不毛之地上种下了第一棵小老杨，浇开了第一粒种子。从此，19任县委书记接力棒不断传递，坚持不懈地带领当地10万人民植树造林，竟然把2000平方公里风沙肆虐的荒滩变成万木葱茏的塞上绿洲。这是新中国之壮举，也是世界之奇迹。

剧中主人公县委书记石诚，接任时在小老杨"树神台"前种下了接任树，接过了接力棒。其任期正处在从计划经济向市场经济转型的关键时期，面对诸多悖论和周围的县都在快速致富，右玉却绿而穷，缺乏财力，加上毁林严重等困难；他一心为右玉民生的"里子"而奋斗却总被种种"面子"工程所干扰；甚至在母亲去世之际他又遭遇被调查的打击和直面死亡的种种严峻考验。疾风知劲草，烈火见真金。石诚以前辈治沙的执着、决战贫困、务实探索和坚守担当，开拓性地调整战略结构，移民并村、退耕还林，改变了生态环境。他把个人的名利和生死置之度外，依靠百姓破解难题，克服重重障碍，得到了老百姓的拥护和爱戴。他离任时虽然没被提拔，却为右玉开辟了一条通向绿而富、富而美的道路，带领右玉人民以治沙的精神治穷，成为建设富而美的新右玉的奠基人。

离任时，石诚在"树神台"前种下了离任树，为小老杨浇了水，在造林模范的墓上添了新土，把接力棒传给了下一任县委书记……

新疆维吾尔自治区党委宣传部 组织

马兰谣

制作单位：
新疆人民广播电台

编　剧：周　鼎
导　演：王进东
演　播：璐　璐　李青明　陈　东
容　容　吕长博　从　林

故事梗概

1964 年 10 月 16 日 15 时，随着倒计时声和隆隆巨响，我国第一颗原子弹爆炸，试验取得成功。将军接通了总理专机，总理马上要科学数据，而给将军送来测试数据报告的测试专家就是年仅 26 岁的林俊德。在本剧中，躺在病床上的老年林俊德用回忆、幻觉和与亲人交流的方式，呈现了他不平凡的一生——从求学到献身祖国科学事业的艰苦经历；从发明钟表式压力自计仪到我国首次空投全当量氢弹试验时用他的高空冲击波自计仪获得可靠数据；从苦干惊天动地事到甘做隐姓埋名人的人格精神的养成，从对母亲、爱人与孩子的亲情到忘小我、一心报国、廉洁自律的高风亮节……临终前，林俊德仍在说“我是搞核试验的，一不怕苦，二不怕死，现在最需要的是时间。”当他用尽最后的气力完成了最后一项工作后，他对家人说：“把我埋在马兰。”

当一朵怒放的戈壁马兰花凋谢时，伴随着女儿的呼唤，具有象征意义的钟表嘀嗒声渐渐变慢，直至停止，林俊德的心脏在罗布泊这片写满传奇的大漠戈壁上停止了跳动，而那曲人人皆知的《马兰谣》却将永远传唱——“一代代的追寻者，青丝化作西行雪；一辈辈的科技人，深情铸成边关恋。青春无悔，生命无怨，莫忘一朵花儿叫马兰兰……”

第十三届"五个一工程"

中　华　艺　术　之　花

歌
曲

Song

江苏省委宣传部　组织

我们的中国梦

词作者： 王晓岭
曲作者： 孟庆云
演唱者： 雷　佳

风儿送来春的气息
让我与梦不期而遇
一滴露珠晶晶落下
一双翅膀翩翩飞起
寻一个幸福梦
哪怕千里万里
飞过雪穿过雨
我知道了新天地
薪火相传生生不息
生生不息

汗水染得山青水绿
歌声引来花香鸟语
自豪的笑容多么甜蜜
自信的道路开创奇迹
寻到了幸福梦
就在情里爱里
手相牵心相聚
我看到了新天地
更加宽广更加美丽
更加美丽

河北省委宣传部 组织

天下百姓

词作者： 郝立轩

曲作者： 戚建波

演唱者： 廖昌永

剩下一粒米
为你熬成粥
仅存一件老棉衣
给我拿来披肩头
比爹恩泽深呀
比娘情义厚
想起众乡亲
总是热泪流

走出这座山
难忘那道岭
离开土坯房
莫忘热炕头
为咱遮风挡雨
还是那白羊肚
帮咱开路拉车
靠的是那老黄牛
踏上的赶考路
至今还在走
百姓是咱主考官
热血丹心写春秋
天旱盼春雨呀
秋日盼丰收
百姓天天盼
好梦圆神州

驹马三跪拜
报答舐犊情
燕子行千里
回归家门口
不忘从哪来呀
知道朝哪儿走
老百姓的苦和乐
时刻挂心头

北京市委宣传部　组织

时间都去哪儿了

词作者： 陈　曦
曲作者： 董冬冬
演唱者： 王铮亮

门前老树长新芽
院里枯木又开花
半生存了好多话
藏进了满头白发

记忆中的小脚丫
肉嘟嘟的小嘴巴
一生把爱交给他
只为那一声爸妈

时间都去哪儿了
还没好好感受年轻就老了
生儿养女一辈子
满脑子都是孩子哭了笑了

时间都去哪儿了
还没好好看看你眼睛就花了
柴米油盐半辈子
转眼就只剩下满脸的皱纹了

吉林省委宣传部 组织

乘梦飞翔

词作者：王晓岭
曲作者：印 青
演唱者：王 喆

因为走过的路 美丽而沧桑
因为心中有梦 总放眼前方 前方

有梦想 就有力量
自信的脚步飞跃而上
有梦想 就有力量
相信自己也是一片阳光
穿过风雨的翅膀
迎着金色的霞光 乘梦飞翔
穿过风雨的翅膀
迎着金色的霞光 乘梦飞翔 飞翔

有梦想就有力量
自强的道路一齐开创
有梦想就有力量
手挽起手追寻幸福的方向
来吧年轻的朋友
唱着我们的希望 乘梦飞翔
来吧年轻的朋友
唱着我们的希望 乘梦飞翔 飞翔

因为未来的路 美丽而宽广
因为心中有梦 总放眼前方
乘梦飞翔

黑龙江省委宣传部　组织

春暖花开

词作者：梁　芒
曲作者：洪　兵
演唱者：那　英

如果你渴求一滴水
我愿意倾其一片海
如果你要摘一片红叶
我给你整个枫林和云彩
如果你要一个微笑
我敞开火热的胸怀
如果你需要有人同行
我陪你走到未来

春暖花开
这是我的世界
每次怒放
都是心中喷发的爱
风儿吹来
是我和天空的对白
其实幸福
一直与我们同在

如果你要一个微笑
我敞开火热的胸怀
如果你需要有人同行
我陪你走到未来
春暖花开
这是我的世界
每次怒放
都是心中喷发的爱
风儿吹来
是我和天空的对白
其实幸福
一直与我们同在

春暖花开
这是我的世界
生命如水
有时平静 有时澎湃
穿越阴霾
阳光洒满你窗台
其实幸福
一直与我们同在
我的世界
春暖花开

湖南省委宣传部　组织

湘江飞出一首歌

词作者： 黎晓阳
曲作者： 金　沙
演唱者： 吴碧霞

白鹭衔云朵哟
春风唱碧波哟
湘江飞出哟一首歌

歌声飞过大地上
染绿青山一座座
歌声飞过水云中
点燃芙蓉一朵朵
歌声飞进朝霞里
灿烂新天地
美丽好山河

歌声飞过田野上
染绿禾苗一棵棵
歌声飞过云浪中
撒开蓝天网日月
歌声飞进心窝里
欢乐新家园
幸福好生活

广东省委宣传部　组织

放飞梦想

词作者：南　山
曲作者：王佑贵
演　唱：雷　佳

你有一个梦
我有一个梦
我们共有一个中国梦

昨天的故事
讲给希望的春天
时代的歌谣唱入人们的心间

啊　复兴的大路
通往宽广的天边
中国梦放飞蔚蓝的云天
我们踏着追梦的节拍
我们创造幸福的家园

梦想的种子
播在百姓的心田
奋斗的日子总有生活的甘甜

啊　复兴的大路
通往宽广的天边
中国梦放飞蔚蓝的云天
我们踏着追梦的节拍
我们创造幸福的家园

江西省委宣传部 组织

老阿姨

词作者：秦新民 陈 涛
曲作者：王黎光
演唱者：汤 非

牵着手走进了硝烟
来不及看够你笑脸
哪怕离别 就在这一天
也要让更多人幸福的相见
跟着走无论是多远
故乡路你心有良田
胜过世间 荣耀与光环
只要有更多人幸福的相见

老阿姨 老阿姨 亲爱的老阿姨
老阿姨 老阿姨 向你致敬老阿姨
也许我们终将老去
一路走来不怕风雨
老阿姨 老阿姨 亲爱的老阿姨
老阿姨 老阿姨 向你致敬老阿姨
一生都愿意中华千万里
留下你平凡的足迹

光荣岁月里 不变的赤子心
种在泥土等待盛开的记忆
你的皱纹已和山川连在一起
本色成为你感动中国的传奇

老阿姨 老阿姨 亲爱的老阿姨
老阿姨 老阿姨 向你致敬老阿姨
也许我们终将老去
一路走来不怕风雨
老阿姨 老阿姨 亲爱的老阿姨
老阿姨 老阿姨 向你致敬老阿姨
一生都愿意中华千万里
留下你平凡的足迹
老阿姨

湖北省委宣传部　组织

江河恋

词作者： 周立荣
曲作者： 李　杰
演唱者： 孙　楠

走过千年烽烟不见一抹沧桑
见证盘古开天日月如花绽放
多少次轮回难舍大地情深
几万里坎坷蓄积向前力量
我看见长江驾着高山奔放
千万条云河挂在天上
我听见黄河抱着中原激荡
信天游喊醉先祖炎黄
不要问我为何漂泊异乡
遥远的乡愁留在涛声波光
不要问我走过多少地方
每一朵浪花都是梦想飞扬

穿越雪山草地信念一如既往
挽起高山大海依旧柔情万丈
多少代倾心养育华夏儿女
几万年激荡伸展东方脊梁
我看见春江摇动花月流淌
渔翁的撑竿钓着太阳
我听见冰河披着婚纱歌唱
情歌里藏着待嫁新娘

不要问我为何漂泊异乡
有水的地方是家的方向
不要问我到过多少地方
沿着河走就是走在故乡
不要问我为何漂泊异乡
遥远的乡愁留在涛声波光
不要问我走过多少地方
每一朵浪花都是梦想飞扬
每一朵浪花都是梦想飞扬

吉林省委宣传部　组织

儿女情长

词作者：陈　涛

曲作者：王　备

演唱者：汤　非

终日奔波为谁忙
若不是一点点儿女情长
可念着与人牵手夕阳
晚来风敲窗　吹起了煮茶的香

我们终老于时光
若不曾流连在儿女情长
回想着我的青春跳荡
笑看座前
却已在孩子身上

儿女情长　是恩赐　永难忘
无论故乡他乡
让我从容拥有梦乡
而所有想你最深的酒
总不致酒入愁肠

儿女情长　是恩赐　我不忘
无论国事家事
还是平生几句家常
我只愿平凡似水一样
日光星光　一切仰望

国家新闻出版广电总局　组织

光荣与梦想

词作者： 集体创作
曲作者： 赵　麟
演唱者： 总政歌舞团

迎着梦想的方向
凝聚决心和力量
集合在复兴伟大的旗帜下
赤子的心已经滚烫
为了光荣与梦想
自强的意志势不可挡
出发的号角已经吹响
前进的歌声多么嘹亮
前进
向前进
跟着必胜的信仰
前进
向前进
实现复兴的伟大梦想

国家新闻出版广电总局　组织

天耀中华

词作者：何沐阳

曲作者：何沐阳

演唱者：姚贝娜

我是多么的幸运
降生在你的怀里
我的血脉流淌着
你的神奇和美丽
那仁慈的情义
那温暖的回忆
你对我的恩泽感动天和地

从来不曾放弃你
因为希望埋在心底
追寻自由的勇气
多少年云涌风起
幸福时没忘记
痛苦中举着你
我的灵魂紧紧跟着你呼吸

天耀中华　天耀中华
风雨压不垮　苦难中开花
真心祈祷　天耀中华
愿你平安昌盛生生不息啊

你就是我　我是你
你的尊严我的荣誉
踏平那前路崎岖
为梦想和衷共济
听大海的潮汐
看高山的云起
我们用爱凝聚飞翔的羽翼

天耀中华　天耀中华
风雨压不垮　苦难中开花
真心祈祷天耀中华
愿你平安昌盛生生不息啊

天耀中华　天耀中华
祥云飘四方　荣耀传天下
真心祈祷　天耀中华
愿你平安昌盛生生不息啊
真心祈祷　天耀中华
这是我对你最深沉的表达

天津市委宣传部　组织

把爱捧给你

词作者：石顺义
曲作者：张　伟
演唱者：喻越越

你问我为什么总是饱含泪滴
因为我有太多太多的感激
是小草返青仰望太阳
是桃李飘香根恋土地

你问我为什么总是沉默不语
因为我有太深太深的情意
是雏鸟反哺不忘娘亲
是羊羔吃奶一跪不起

把甜说与你
把苦诉与你
把心掏给你
把爱捧给你
因为你是我的亲人啊
我的一切一切啊都属于你

青海省委宣传部　组织

为什么跟你走

词作者：顾和征
曲作者：闻　一　赵新春
演唱者：佟铁鑫

为什么跟你走
当初跟你走
那是因为我一无所有
枪林弹雨何所惧
希望就在我心头
啦啦啦
我要献出我的所有
跟你走啊跟你走
千难万险不回头
永远不回头

如今跟你走
那是因为我举过右手
誓言如山永不变
俯首甘为孺子牛
啦啦啦
幸福跟在我的身后
跟你走啊跟你走
这是我的追求
永远的追求

永远跟你走
这是我的追求
跟你走
幸福永久

江苏省委宣传部　全国妇联　组织

春雨江南

词作者：赵安华
曲作者：姜兴龙
演唱者：雷　佳

微风柔柔亲吻在脸上
细雨飘飘轻打着门窗
小燕子儿对对双双
春雨为江南换上了新装
吸一口温润醉了心房
甜甜的雨点让我品尝
耳畔丝竹又在回响
谁不愿当春把笑脸绽放

田园青青怀抱村庄
小河悠悠流向了远方
油菜花开一片金黄
春雨为江南插上了翅膀
接一缕灿烂温暖阳光
幸福的家园欢声荡漾
眼前处处万千景象
我们正追逐那美丽的梦想

国资委　组织

土豆花儿开

词作者：杨玉鹏
曲作者：韩　刚
演唱者：火　风

这个季节的老家　土豆花儿开
一垄连着一垄　铺成紫色的海
媳妇她守着家　忙里又忙外
盼着那好收成　等着我回来

土豆花儿又开　迎着风儿摆
是她挥动着头巾　远远在等待
闲时点一支烟　心飘高楼外
我的眼前是一片土豆花儿开

这个季节的城市　也有土豆卖
一个大过一个　是咱最爱的菜
会不会有哪个　是她亲手栽
吃到了嘴里面　暖着咱胸怀

土豆花儿又开 一年又一载
出门在外的人儿　其实最懂爱
城市大变了样　咱也挺光彩
只是心里有一片土豆花儿开

这个季节的老家　土豆花儿开

浙江省委宣传部　组织

同志们

词作者：车　行

曲作者：李　昕

演唱者：太阳部落组合

为了血肉不被插上刀刃
为了孩子不再失去母亲
看看家园蹂躏后的灰烬
这就是我拿起枪的原因

为了血泪不给彻底耗尽
为了心头不再平添伤痕
看看嘴唇牙齿咬的血印
这就是我豁出去的原因

同志们
别再流泪
让我们穿越弹雨枪林
同志们
拿起棍棒
让我们守住家门

福建省委宣传部 组织

海峡月光曲

词作者：张作兴 魏德洋
曲作者：徐沛东
演唱者：王丽达

月儿啊亲吻着海面
风儿啊报道着平安
千帆归来 百鸟飞翔
美梦飘进了 海峡的夜晚

月儿啊送来了祝福
银光啊洒落在窗前
鲜花开在共同家园
芬芳着两岸 共同的心田

风轻轻 海蓝蓝
波光粼粼静如潭
海峡潮平潭印月
美丽的梦想伴月圆

解放军总政治部　组织

强军战歌

词作者： 王晓岭

曲作者： 印　青

演唱者： 阎维文

听吧
新征程号角吹响
强军目标召唤在前方
国要强　我们就要担当
战旗上写满铁血荣光
将士们听党指挥
能打胜仗
作风优良
不惧强敌敢较量
为祖国决胜疆场

将士们听党指挥
能打胜仗
作风优良
不惧强敌敢较量
为祖国决胜疆场
决胜疆场

辽宁省委宣传部　组织

旗　帜

词作者：贾　铮
曲作者：范哲明
演唱者：孟奇玉　刘楠楠

趟过数不清的河流
翻越道不完的山岗
我们的心
始终朝着一个方向

经过四季轮回的雨雪
浸透朝朝暮暮的风霜
我们的爱
始终朝着一个方向

那是旗帜染红的东方
那是旗帜飘扬的力量
默默无言的召唤
凝聚着多少人期待的目光

那是旗帜染红的东方
那是旗帜飘扬的理想
生生不息的血脉
融入了多少人智慧的光芒

甘肃省委宣传部　组织

老百姓的爱

词作者：王晓岭
曲作者：戚建波
演唱者：王　莉

谁没有真情　谁没有真爱
老百姓的爱　简单又实在
春种一粒粟　秋收谷万袋
平常的日子　茶米油盐柴
太阳升起来　月亮落下来
老百姓的爱　永远不会改
最敬父母心　最盼子成才
家国天下事　常挂在心怀
谁对百姓亲　百姓都明白
谁为百姓好　百姓给谁爱
谁对百姓亲　百姓都明白
谁为百姓好　百姓给谁爱

太阳升起来　月亮落下来
老百姓的爱　永远不会改
最敬父母心　最盼子成才
家国天下事　常挂在心怀
谁对百姓亲　百姓都明白
谁为百姓好　百姓给谁爱
谁对百姓亲　百姓都明白
谁为百姓好　百姓给谁爱

陕西省委宣传部 组织

丝路放歌

词作者：尚飞林
曲作者：赵季平
演唱者：殷秀梅

丝绸之路漫长
连接东方西方
几千年风雨兼程
走出灿烂辉煌
啊 打开你就开了一扇门窗
啊 走近你就走进了一部交响

长安城内商贾云集
驼铃声声大漠苍茫
说不完的悲欢离合
唱不尽的英勇悲壮
历尽艰难永载史册
传递文明心怀坦荡

丝绸之路漫长
连接东方西方
携手共建繁荣幸福
播撒和平希望
啊 打开你就打开了一个梦想
啊 走近你就走进了一片阳光

丝路古道贸易通畅
车流滚滚大路宽广
说不完的时代传奇
唱不尽的天地芬芳
炎黄子孙担当大任
民族复兴扬帆远航

丝绸之路漫长
连接东方西方
携手共享幸福
播撒和平希望

四川省委宣传部　组织

老　井

词作者： 沈轩文　余启翔

曲作者： 戚建波

演唱者： 中国少年广播合唱团

打水的木桶存水的缸
月亮光光照在井沿上
心头话儿对着老井讲
陪着老井拉家常
老家的老井亲亲的娘
太阳乖乖趴在灶台上
啥子个味道对着老井讲
揭开锅盖馍馍香

喝着老井水长出好模样
想着老井水甘泉在心上
恋着老井水一生都不忘
唱着老井水男儿走四方
唱着老井水男儿走四方

打水的木桶存水的缸
月亮光光照在井沿上
心头话儿对着老井讲
陪着老井拉家常
老家的老井亲亲的娘
太阳乖乖趴在灶台上
啥子个味道对着老井讲
揭开锅盖馍馍香

喝着老井水长出好模样
想着老井水甘泉在心上
恋着老井水一生都不忘
唱着老井水男儿走四方
喝着老井水长出好模样
想着老井水甘泉在心上
恋着老井水一生都不忘

云南省委宣传部　组织

净 土

词作者：化　方
曲作者：李　杰
演唱者：孙　楠

传说中有一片净土
住着古老的民族
每个人能歌善舞
他们从不孤独

传说中有一座雪山
白云在山顶飘浮
一个梦反反复复
只想让你默默领悟

传说中有一片净土
在太阳的那边住
一颗心不再飘浮
只想回到梦中的小屋

传说中的净土
我们唯一的出路
曾经模糊的幸福
越来越清楚

贵州省委宣传部　组织

云贵高原

词作者：王晓岭
曲作者：印　青
演唱者：阿鲁阿卓

高原的传说在哪里
在火塘边故事里
火塘边故事在哪里
在阿爸的歌声里
阿爸的歌声在哪里
在天上的云朵里
天上的云朵在哪里
在阿妈的蜡染里
啊哩赛罗赛
阿妈的蜡染里
阿妈的蜡染在哪里
在姑娘的裙摆里
姑娘的裙摆在哪里
在风儿的飘动里
风儿的飘动在哪里
在幸福的时光里
幸福的时光在哪里
在高原的传说里
啊哩赛罗赛
幸福的时光里
啊哩赛罗赛
高原的传说里
啊哩赛罗塞
幸福的时光里
啊哩赛罗塞
高原的传说里
幸福的时光在哪里
在高原的传说里

重庆市委宣传部 组织

天地人心

词作者：李维福 俞 轩

曲作者：印 青

演唱者：王宏伟

都在这样说 百姓不能忘
天下千万家 人心有本账
说通一个理啊 拆掉一堵墙
鞠躬尽瘁为百姓 造福这一方
穿的是百姓衣啊 吃的是百姓粮
公平正义在胸中 江山日月长
天地人心事啊 万事民为上
恭祝美丽中国梦 神州写华章

都在这样说 百姓不能伤
纵有千般难 人心有衡量
登攀山峰高啊 全靠自身强
勤政廉洁为百姓 共享好时光
穿的是百姓衣啊 吃的是百姓粮
公平正义在胸中 江山日月长
天地人心事啊 万事民为上
恭祝美丽中国梦 神州写华章

内蒙古自治区党委宣传部　组织

爱的眼神

词作者： 那　顺　克　明
译　配： 克　明
曲作者： 乌兰托嘎
演唱者： 敖特根图雅　巴音那木尔

爱的　爱的眼神
只有那爱我的人能懂
你我都会明白
相会在月圆人静时分
清澈　清澈的眼神
融化了我们的心灵
它就像深深的海洋
我的一生注定在那里航行

爱的　爱的眼神
只有那爱我的人能懂
哪怕漫漫严冬里
它就像那烈焰在升腾
流动　流动的人海
只有你让我心动
你是我生命的依托
我要把你深深地藏在心中

爱的　爱的眼神
只有那爱我的人能懂
哪怕长长黑夜中
它就像家乡的繁星
走遍　走遍天涯
只有你让我动情
我多想跨上骏马
和你一起追寻那心中的梦

新疆生产建设兵团　组织

屯垦爹娘

词作者：郭　黎
曲作者：杨淞建
演唱者：陈　光

在我的家乡有座雕像
它珍藏着母亲青春的模样
一曲歌谣唤醒亘古荒原
一片绿洲是我梦中天堂
玛河岸边的歌声啊
一个动人的故事世代传唱
一片绿洲一座新城
永远铭记着我的屯垦爹娘

在我的家乡有座雕像
它镌刻着父亲英雄的模样
一把木犁惊开千年戈壁
一座新城是我幸福天堂
玛河岸边的木犁啊
一个动人的故事世代传扬
一座新城一片绿洲
永远铭记着我的屯垦爹娘

上海市委宣传部　组织

百年一梦

词作者：晓　光
曲作者：赵建华
演唱者：周　澎

这是一个美丽的梦想
萦绕锦绣山河的梦想
它像高山坚强挺立
它像大海深邃宽广
这是一个古老的梦想
浸着血泪生长的梦想
苦难不曾把它泯灭
列强不能让它消亡
民族复兴 百年一梦
我们为他拼搏 奉献力量
梦想成真 要靠我们
前赴后继去创造辉煌

这是一个共同的梦想
中华民族世代的梦想
儿女为它心心相连
同胞为它挽紧臂膀
民族复兴 百年一梦
我们为他拼搏 奉献力量
梦想成真 要靠我们
前赴后继去创造辉煌

河南省委宣传部 组织

小村人的婚礼

词作者：许会锋
曲作者：宋 军
演唱者：张 旭

爷爷的婚礼 朴素又寻常
老牛车拉着奶奶走进矮草房
一个柜子 几件粗布衣裳
一副镯子就是最好的嫁妆

父亲的婚礼 简单又大方
自行车带着妈妈走进蓝瓦房
一台缝纫机 拥有了奢望
一块手表就是最美的珍藏

小村人的婚礼像河水一辈辈流淌
流不尽真情岁月地久天长
小村人的婚礼像生活一年年变样
越变越美的好日子 春风荡漾

我们的婚礼 热闹又风光
小轿车迎来新娘走进新楼房
一张银行卡 把富裕存放
一屋摆设是那幸福的景象
幸福的景象

小村人的婚礼像河水一辈辈流淌
流不尽真情岁月地久天长
小村人的婚礼像生活一年年变样
越变越美的好日子把梦点亮

山东省委宣传部　组织

北京时间

词作者： 王　建
曲作者： 赵　新
演唱者： 皓　天

嘀嗒嘀嗒的美妙
你就是我的心跳
在你旋转的时光里
我和你一起奔跑
你的南江春来早
我的北国瑞雪飘
你的东海鱼儿欢跳
我的戈壁驼铃摇

读着你时时刻刻
念着你分分秒秒
不论我在地球何方
时差从不会颠倒
守着你岁岁年年
伴着你暮暮朝朝
在你旋转的日子里
我和你越来越好

北京时间
你是我的自豪
每一次指针的交汇
都是我和你的拥抱

北京时间
你是我的荣耀
每一次整点的报时
像雄鸡在东方报晓

催我在追梦的路上
和这个世界赛跑

附录

Appendix

历届精神文明建设“五个一工程”获奖作品名录

1991年度

第一届“五个一工程”获奖作品名单

戏剧

《大桥》（话剧·上海）
《死水微澜》（话剧·四川）
《旗长，您好》（话剧·内蒙古）
《高高的炼塔》（京剧·吉林）
《黑头儿和四大名蛋》（评剧·北京）
《吵闹亲家》（越调戏·河南）
《快活的黄帽子》（滑稽戏·江苏）
《洪湖的女儿》（音乐诗剧·湖北）
《毛泽东的故事》（话剧·陕西）
《情结》（话剧·广东）
《海边有个男儿国》（话剧·山东）
《桃花汛》（花鼓戏·湖南）
《红楼梦》（黄梅戏·安徽）
《山花》（京剧·福建）
《月牙五更》（舞蹈系列剧·辽宁）

电视剧

《中国神火》（浙江）
《红蜻蜓》（江苏）
《纪委书记》（吉林）
《女人们》（上海）
《编辑部的故事》（北京）
《少年毛泽东》（河北）
《铁血共和》（江西）
《焦裕禄》（河南）
《艰难的抉择》（甘肃）
《辘轳·女人和井》（辽宁）
《南行记——边寨人家的历史》（四川）
《孔子》（山东）
《赵尚志》（黑龙江）
《好人燕居谦》（山西）
《铁市长》（陕西）

电　影

《周恩来》（广西）
《焦裕禄》（河南）
《决战之后》（陕西）
《大城市 1990》（吉林）
《开天辟地》（上海）
《毛泽东和他的儿子》（湖南）
《烈火金刚》（广东）

提名奖　获奖作品名单

戏　剧

《爱洒人间》（话剧・辽宁）
《魂系何方》（话剧・上海）
《血祭唐古拉》（话剧・青海）
《女村长》（话剧・宁夏）
《法门众生相》（京剧・湖北）
《焦裕禄》（京剧・山东）
《GPT 不正常》（滑稽戏・上海）
《巧凤》（越剧・浙江）
《焦裕禄》（豫剧・河南）
《瑶妃传奇》（桂剧・广西）
《没毛的狗》（话剧・吉林）
《女人》（话剧・河北）
《解忧》（话剧・新疆）
《明月照我心》（沪剧・上海）
《戏魂》（歌仔戏・福建）
《攀枝花传奇》（川剧・四川）
《柯老二入党》（黄梅戏・安徽）
《儿大不由爹》（豫剧・河南）
《情与爱》（花灯戏・云南）
《太阳・雪域》（歌舞・西藏）

电视剧

《毛泽东和他的乡亲》（湖南）
《江南风云》（江苏）
《中国有条红水河》（广西）
《特殊连队》（吉林）
《车站》（山东）
《大唐名相》（河北）
《启明星》（天津）
《京江祭》（内蒙古）
《硝烟散后》（黑龙江）
《石证》（宁夏）
《电话风波》（西藏）
《远征》（广西）

《柯老二入党》（安徽）
《火种》（上海）
《长天火种》（新疆）
《荒原城堡 731》（黑龙江）
《庄稼汉》（陕西）
《血祭大沽口》（天津）
《爱与仇》（福建）
《小桥流水》（贵州）
《血色王冠》（云南）

电　影

《你好，太平洋》（广东）
《特区打工妹》（广东）
《大峡谷》（云南）
《太阳山》（福建）
《高朋满座》（吉林）
《国魂》（浙江）
《骑士风云》（内蒙古）

1992 年度 第二届“五个一工程”获奖作品名单

戏　剧

《张骞》（歌剧·陕西）
《阿诗玛》（舞剧·云南）
《甲申纪事》（话剧·江苏）
《铁血女真》（满族新城戏·吉林）
《契丹女》（漫瀚剧·内蒙古）
《藏王的使者》（藏戏·青海）
《石龙湾》（吕剧·山东）
《丝海箫音》（舞剧·福建）
《女大十八变》（话剧·黑龙江）
《OK，股票》（话剧·上海）
《养命的儿子》（楚剧·湖北）
《将军谣》（花鼓戏·湖南）
《五福临门》（曲剧·河南）
《抓阄村长》（雷剧·广东）

电视剧

《外来妹》（广东）
《双桥故事》（江苏）

《中国商人》（浙江）

《净魂》（山东）

《山不转水转》（内蒙古）

《家族的荣誉》（黑龙江）

《常香玉》（河南）

《上下五千年》（电视片 · 青海）

《半边楼》（陕西）

《天梦》（上海）

《擎天柱》（天津）

《古船 · 女人和网》（辽宁）

《挑花女》（安徽）

《誓言》（河北）

《圆明沧桑》（电视片 · 北京）

《台湾行》（电视片 · 福建）

电 影

《蒋筑英》（吉林）

《走出地平线》（上海）

《远山姐弟》（河北）

《中国人》（天津）

《刘少奇的四十四天》（湖南）

《毛泽东的故事》（四川）

提名奖 获奖作品名单

戏 剧

《丹青魂》（闽剧 · 福建）

《龙铁头出山》（姚剧 · 浙江）

《吕布与貂蝉》（徽剧 · 安徽）

《北京往北是北大荒》（话剧 · 黑龙江）

《水龙吟》（京剧 · 北京）

《一样的月光》（舞剧 · 广东）

电视剧

《风雨丽人》（天津）

《让我们荡起双桨》（北京）

《信念》（江西）

《年华无悔》（四川）

《神州第一街》（电视片 · 北京）

《上海一家人》（上海）

《帅大姐》（湖南）

《还是汉正街》（湖北）

《赤魂》（福建）

《海南椰韵》（电视片 · 海南）

电　影

《阙里人家》（上海）
《飞越人生》（内蒙古）
《龙出海》（广东）
《开采太阳》（山西）
《彩月和她的情人》（云南）
《启明星》（天津）

1993年度 第三届“五个一工程”获奖作品名单

戏　剧

《十三世达赖喇嘛》（话剧·河北）
《旮旯胡同》（话剧·北京）
《大青山》（话剧·黑龙江）
《那一年　在夏天》（话剧·辽宁）
《司法局长》（话剧·内蒙古）
《黄河入海流》（话剧·山东）
《好人长在》（话剧·天津）
《大河谣》（高甲戏·福建）
《能人百不成》（豫剧·河南）
《醋工歌》（晋剧·山西）
《程长庚》（京剧·安徽）
《朱德与唐淮源》（滇剧·云南）
《臂塔圆舞曲》（眉户戏·陕西）
《山歌情》（歌舞剧·江西）
《楚韵》（歌舞诗乐·湖北）

电视剧（片）

《大进攻序曲》（四川）
《一个医生的故事》（山西）
《大潮汐》（上海）
《情满珠江》（广东）
《神禾塬》（陕西）
《侨魂》（福建）
《豫东之战》（江苏）
《解放云南》（云南）
《黑土地》（辽宁）
《大雪小雪又一年》（吉林）
《遥远的驿站》（内蒙古）
《天缘》（江西）
《大地缘》（山东）
《北京人在纽约》（北京）

《儒商》（湖北）
《喂，菲亚特》（浙江）
《太阳河》（海南）
《99只小白鸽》（河南）
《毛泽东》（专题片）

西藏文化系列中（6集）（专题片·西藏）
《查古村的日子》《僧俗之间的克珠》《手工作坊里的人生》《科加婚俗》《走向冬季牧场》《藏西古文化之迷》
《丰碑》（专题片·天津）

电 影

《凤凰琴》（天津）
《第一诱惑》（上海）
《重庆谈判》（吉林）
《秋收起义》（湖南）

《井冈山》（江西）
《东归英雄传》（内蒙古）
《阿曼尼萨罕》（新疆）
《燃烧的雪花》（黑龙江）

提名奖 获奖作品名单

戏 剧

《陈小虎》（儿童剧·山东）
《孩子剧团》（越剧·福建）
《金龙与蜉蝣》（淮剧·上海）
《泥巴人》（话剧·广东）

《荷花洲头》（荆州花鼓戏·湖北）
《血丝玉镯》（桂剧·广西）
《妈祖》（乐舞·天津）
《诸葛亮与小皮匠》（滑稽戏·江苏）

电视剧（片）

《颖河的故事》（河南）
《矿山小英雄》（儿童片·山西）
《白马》（甘肃）
《大上海出租车》（上海）
《西行漫记》（陕西）

《青年毛泽东》（河北）
《狂飙》（天津）
《土坯屋》（内蒙古）
《人在世上走》（湖南）
《窑神》（福建）

《难念的经》（贵州）

《陈潭秋》（新疆）

《风流谢家村》（戏曲电视剧·青海）

《走向西藏》（电视专题片·青海）

电　影

《大海风》（福建）

《炮兵少校》（吉林）

《都市情话》（上海）

《伏虎铁鹰》（广东）

《乡亲们》（四川）

《早春一吻》（儿童片·江苏）

1994年度 第四届“五个一工程”获奖作品名单

戏　剧

《鸣岐书记》（话剧·辽宁）

《同船过渡》（话剧·湖北）

《徐洪刚》（话剧·总政）

《周恩来在南开》（话剧·天津）

《世纪风》（话剧·湖南）

《甘巴拉》（话剧·总政）

《沙洲坪》（话剧·四川）

《极光》（话剧·甘肃）

《今日梦圆》（沪剧·上海）

《乡里乡亲》（唐剧·河北）

《三醉酒》（吉剧·吉林）

《木兰传奇》（龙江剧·黑龙江）

《红果红了》（豫剧·河南）

《爨碑残梦》（滇剧·云南）

《范仲淹》（京剧　·贵州）

《金凤与银燕》（越剧·浙江）

《醒醉记》（京剧·江苏）

《油灯灯开花》（晋剧·山西）

《蒙根阿依嘎》（蒙古剧·内蒙古）

《土里巴人》（舞剧·湖北）

《雁奴莎莎》（童话剧·上海）

电视剧（片）

《三国演义》（广电部）

《沟里人》（山西）

《雪震》（总政）

《上海大风暴》（上海）

《苍茫》（天津）

《农民的儿子》（广东）

《走出黄土地》（中央党校）

《马本斋》（河北）

《九·一八大案纪实》（公安部）

《河弯弯，路弯弯》（吉林）

《大老板程长庚》（安徽）

《乌兰夫》（内蒙古）

《乡里故事》（河南）

《潮起潮落》（总政）

《年轮》（北京）

《黄齐生与王若飞》（贵州）

《京九情》（江西）

《秦川牛》（陕西）

《走进香巴拉》（甘肃）

《一个姑娘三个兵》（辽宁）

《军嫂》（山东）

《朗莎雯波》（西藏）

《伟人周恩来》（专题片·江苏）

《解放》（专题片·广电部）

《青海湖之波》（专题片·青海）

《多思年华》（儿童剧·福建）

《我的妈妈在西藏》（儿童剧·四川）

《无声的歌》（儿童剧·湖南）

电 影

《弹道无痕》（总政）

《警魂》（广东）

《被告山杠爷》（四川）

《步入辉煌》（陕西）

《留村察看》（吉林）

《绝境逢生》（上海）

《天网》（江苏）

《花木兰传奇》（戏曲片·天津）

《魔鬼发卡》（儿童故事片·广电部）

《最长的彩虹》（儿童故事片·福建）

提名奖 获奖作品名单

戏 剧

《大汉魂》（高甲戏·福建）

《张鸣岐》（歌舞话剧·辽宁）

《空港故事》（话剧·总政）

《西出阳关》（歌舞·甘肃）

《甲午恨》（京剧·山东）

《山那边儿》（儿童剧·北京）

《巧妹子》（彩调剧·广西）

《甘泉》（京剧·内蒙古）

《热线电话》（话剧·江苏）

《老板娘》（皖南花鼓戏·安徽）

《天山彩虹》（歌舞·新疆）

《白燕迎春》（粤剧·广东）

《七彩江河源》（歌舞·青海）

《寻太阳》（儿童剧·浙江）

电视剧（片）

《三峡梦》（湖北）

《山的女儿》（浙江）

《中国》（广电部）

《戈公振》（江苏）

《东方小故事》（上海）

《军嫂》（山东）

《刘志丹与谢子长》（陕西）

《老师》（云南）

《寻梅》（文联）

《走向天堂》（福建）

《和平硝烟》（广西）

《我们》（武警）

《苏东坡》（四川）

《京九大会战》（铁道部）

《昌晋源票号》（山西）

《南方的河》（广东）

《神圣的军旗》（总政）

《梅兰芳》（天津）

《寂寞黄昏》（新疆）

《椰林湾》（海南）

《喋血四平》（吉林）

电影

《一个独生女的故事》（吉林）

《广州来了新疆娃》（广东）

《战争童谣》（广电部）

《带轱辘的摇篮》（四川）

1995年度 第五届“五个一工程”获奖作品名单

戏　剧

《最危险的时候》（话剧·总政）

《孔繁森》（话剧·山西）

《女兵连来了个男家属》（话剧·总政）

《这里一片绿色》（话剧·河北）

《阮玲玉》（话剧·北京）
《布衣毛润之》（湘剧·湖南）
《山杠爷》（川剧·四川）
《榨油坊风情》（萍乡采茶戏·江西）
《关东雪》（吉剧·吉林）
《烟壶》（北京曲剧·北京）
《歌王与将军》（壮剧·广西）
《鸡毛蒜皮》（淮剧·江苏）
《金银花 竹篱笆》（花灯剧·云南）
《西域情》（秦腔·甘肃）
《玉珠串》（高甲戏·福建）
《北国红菇娘》（京剧·文化部）
《情系中英街》（粤剧·广东）
《大禹治水》（绍剧·浙江）
《刘秀还乡》（曲剧·湖北）
《苍原》（歌剧·辽宁）
《也兰公主》（歌舞剧·内蒙古）
《我爱我班》（少儿剧·山东）
《白马飞飞》（少儿剧·上海）
《托起明天的太阳》（少儿剧·黑龙江）
《少年霍元甲》（天津）

电视剧（片）

《英雄无悔》（广东）
《孔繁森》（山东）
《天网》（山西）
《西部警察》（广电部）
《天路》（总政）
《邓颖超和她的妈妈》（天津）
《跨越》（上海）
《黄土岭一九三九》（总政）
《咱爸咱妈》（吉林）
《叶剑英》（海南）
《东方商人》（内蒙古）
《子夜》（浙江）
《家在三峡》（湖北）
《乡下人·城里人·外国人》（湖南）
《乘警李小咪》（四川）
《秋瑾》（浙江）
《林祥谦》（福建）
《家》（安徽）
《两个姑娘两个兵》（辽宁）
《黑脸汉子》（煤炭部）
《中华之剑》（电视片·公安部）
《胜利》（电视片·广电部）
《南京大屠杀——幸存者的见证》
（电视片·江苏）
《大京九》（电视片·铁道部）
《最后的荒原》（电视片·新疆生产建设兵团）
《中国牛王》（电视片·河北）
《嘿，小海军》（少儿片·广西）
《琴童的遭遇》（少儿片·广东）
《血色童心》（少儿片·北京）

电　影

《孔繁森》（山东）

《赢家》（浙江）

《士兵的荣誉》（总政）

《七七事变》（北京）

《冼星海》（广东）

《九香》（吉林）

《孤儿泪》（广电部）

《红樱桃》（少儿电影·北京）

《孙文少年行》（少儿电影·广电部）

《童年的风筝》（少儿电影·天津）

《自古英雄出少年》（少儿电影·上海）

歌　曲

《中国，我可爱的母亲》（上海）

《公仆赞》（文化部）

《争创先进连队之歌》（总政）

《我听见时光的声音》（团中央）

《血缘》（文化部）

《最美的还是我们新疆》（新疆）

《一个妈妈的女儿》（西藏）

《最亮的星，最好的人》（贵州）

《天海长城》（天津）

《青海人》（青海）

《甜甜的山歌》（湖南）

《雀尕飞》（湖北）

《警察的承诺》（公安部）

《东西南北兵》（总政）

《牧笛》（吉林）

《草原炊烟》（内蒙古）

《阿里，阿里》（山东）

《晒鱼鲞》（中国文联）

《山路上亮起一颗星》（四川）

《数鸭子》（福建）

《小雨沙沙》（甘肃）

广播剧

《孔繁森》（山东）

《纸月亮》（上海）

《沙狐》（黑龙江）

《野山花》（河北）

《石头说话》（天津）

《女兵连来了男家属》（广电部）

《鞠躬尽瘁》（广电部）

《新来的校长》（河南）

《风雪昆仑山》（陕西）

《母亲碑》（内蒙古）

《雯雯撑起的天空》（江苏）

《关肃霜》（云南）

《他留下一片温情》（福建）

1996年度 第六届“五个一工程”获奖作品名单

■ 戏 剧

《地质师》（话剧·黑龙江）
《热血甘泉》（话剧·总政）
《王振举》（话剧·宁夏）
《新居》（话剧·广东）
《大院》（话剧·铁道部）
《狸猫换太子》（京剧·上海）
《贬官记》（闽剧·福建）
《丑嫂》（豫剧·湖北）
《水墙》（评剧·河北）
《庄稼院的红辣椒》（河北梆子·天津）
《木乡长》（高安采茶戏·江西）
《红藤草》（花鼓戏·湖南）
《蚂蜂庄的姑爷》（豫剧·河南）
《蔡伦》（秦腔·陕西）
《风采壮妹》（桂剧·广西）
《刘铭传》（徽剧·安徽）
《西施断缆》（越剧·浙江）
《芦花白·木棉红》（音乐剧·总政）
《黄河水长流》（歌舞诗剧·山西）
《大荒的太阳》（舞蹈诗剧·石油总公司）
《鄂尔多斯情愫》（舞蹈诗·内蒙古）
《古兰木罕》（维吾尔剧·新疆）
《一二三，起步走》（少儿滑稽戏·江苏）
《远山的花朵》（现代儿童舞剧·四川）
《这里将是别墅》（少儿话剧·辽宁）
《雪童》（音乐童话剧·北京）
《开天辟地人之初》（少儿话剧·文化部）
《纳西小子》（少儿话剧·云南）
《小白龟》（少儿话剧·山东）

■ 电视剧（片）

《邓小平》（文献纪录片·广电部）
《香港的故事》（广电部）
《大漠丰碑》（总政）
《儿女情长》（上海）
《车间主任》（广电部）
《林则徐》（福建）
《黑天鹅》（江西）
《问鼎长天》（吉林）
《燃烧的烛光》（黑龙江）
《大渡桥横铁索寒》（总政）
《沃土》（河北）
《校园先锋》（河南）
《和平年代》（广东）
《午夜有轨电车》（电视片·辽宁）
《遵义会议》（电视片·贵州）
《春》（电视片·安徽）

《民警程广泉》（公安部）
《金海岸》（武警总部）
《彩云追月》（文献纪录片·浙江）
《血战万源》（文献纪录片·四川）
《毛泽东在陕北》（陕西）
《我的奶奶》（山西）
《小小生命树》（江苏）
《金兰》（山东）
《总督张之洞》（湖北）
《岁月不流逝》（甘肃）
《回家》（湖南）
《李润五》（北京）
《神脑聪仔》（动画片·广西）
《山城棒棒军》（重庆）
《香港苍桑》（电视片·广电部）
《中华魂》（电视片·天津）
《中国星火十年路》（电视片·国家科委）

电　影

《大转折》（总政）
《鸦片战争》（四川）
《红河谷》（上海）
《离开雷锋的日子》（北京）
《喜莲》（吉林）
《夫唱妻和》（江西）
《青年刘伯承》（吉林）
《男孩女孩》（福建）
《彝海结盟》（云南）
《一棵树》（陕西）
《男婚女嫁》（天津）
《滑板梦之队》（宁夏）
《军嫂》（广东）
《徽商情缘》（安徽）
《红杜鹃　白手套》（公安部）
《鹤童》（广电部）

歌　曲

《春天的故事》（广东）
《百年》（中国文联）
《五十六根琴弦连北京》（浙江）
《英雄》（天津）
《黎明中的红星》（江苏）
《老王》（广西）
《香港，你好》（总政）
《青藏高原》（北京）
《手拉手祖国更美丽》（团中央）
《我们的希望小学》（河北）
《熊猫的摇篮》（四川）
《黄河鼓震》（陕西）
《班长》（总政）
《三峡，我的家乡》（湖北）
《潇洒女兵》（总政）
《鹰之歌》（内蒙古）
《中国娃》（山东）
《矿工老哥》（煤炭部）

《珠穆朗玛》（广电部）
《老师，你好》（山西）
《高原我的家》（贵州）
《天山儿女》（新疆）
《冰糖葫芦》（北京）
《这里是祖国的高原》（西藏）
《你我手拉手》（团中央）
《世界在歌声中听到了你》（黑龙江）
《情满伊犁河》（新疆生产建设兵团）
《大漠之夜》（吉林）
《新世纪工人进行曲》（全国总工会）
《中国的凤凰》（民航总局）

广播剧

《地质师》（黑龙江）
《红枫树》（安徽）
《热血男儿》（上海）
《运河人》（广电部）
《千条水，总归东》（广西）
《星期四真好》（四川）
《袁庭钰的故事》（江西）
《村里来了新乡长》（山西）
《劳模和他的影子》（天津）
《山野的风》（河南）
《洪水前后》（吉林）
《爱的奇迹》（北京）
《追寻绿洲》（辽宁）
《征母》（湖南）
《唐山孤儿的故事》（河北）
《三峡移民第一村》（湖北）
《高原赤子》（浙江）
《留守支部》（上海）
《老兵李信》（总政）
《矿山奏鸣曲》（煤炭部）
《山东有个王廷江》（山东）
《画童与神马》（内蒙古）
《水暖香港》（广东）
《最后的报告》（青海）
《千年绝唱》（甘肃）
《延安之声》（陕西）
《及格保险公司》（云南）
《今天我去远航》（广西）
《萨日娜》（黑龙江）

1997—1999年度 第七届"五个一工程"获奖作品名单

电　影

《大进军——席卷大西南》（总政）
《春天的狂想》（广电总局）
《大进军——大战宁沪杭》（总政）
《国歌》（湖南）
《安居》（广东）
《快乐老家》（天津）
《花季雨季》（儿童片·广东）
《世纪之梦》（湖北）
《男妇女主任》（吉林）
《宝莲灯》（美术片·上海）
《长征》（广西）
《草房子》（儿童片·江苏）
《不见不散》（北京）
《一代天骄——成吉思汗》（内蒙古）
《非常爱情》（广电总局）
《黑眼睛》（天津）
《遥望查里拉》（四川）
《惹事生非》（陕西）
《黄河绝恋》（上海）
《良心》（新疆、北京）
《那山·那人·那狗》（湖南）
《金婚》（山东）
《周恩来——伟大的朋友》（浙江）
《成长》（广电总局）
《钟馗》（河北）

特别奖

《挥师三江》（纪录片·总政）

电视剧（片）

《中国命运的决战》（广电总局）
《开国领袖毛泽东》（广电总局）
《人间正道》（江苏）
《难忘岁月——红旗渠的故事》（河南）
《光荣街十号》（中国文联）
《水浒传》（广电总局）
《红十字方队》（总政）
《党员二愣妈》（内蒙古）
《徐海东大将》（湖北）
《雍正王朝》（湖南）
《红岩》（重庆、北京）
《驱逐舰长》（总政）
《一年又一年》（北京）
《补天裂》（北京）
《大学女孩》（吉林）
《走过柳源》（吉林）
《春天的故事》（江苏）
《沙海天平》（新疆）
《咱那些日子》（辽宁）
《红处方》（天津）

《黑脸》（河北）
《马寅初》（浙江）
《虎踞钟山》（江苏）
《哎呦，妈妈》（上海）
《追逐墨尔本》（福建）
《李克农》（广电总局）
《千秋之约》（广东）
《昆仑女神》（广电总局、总政）
《济南战役》（总政）
《蓝色三环》（北京）
《情感的守望》（武警）
《沈鸿》（江西）
《中国女足》（人民日报）
《人子》（北京）
《新华方面军》（重庆）
《苦泉纪事》（宁夏）
《面对诱惑》（公安部）
《黄土地·蓝土地》（天津）
《郭兰英》（山西）
《毕业生》（陕西）
《中国机长》（民航总局）
《啊，雀儿山》（四川）
《月缺月圆》（安徽）
《无瑕人生》（全国总工会）
《岁月长长，路长长》（文化部）
《雪乡》（黑龙江）
《朱德上井冈》（江西）
《黄克诚》（湖南）
《西出阳关》（司法部）

电视片

《新中国》（广电总局）
《中华之盾》（广电总局、海关总署）
《中国地方戏曲》（山东）
《关肃霜》（云南）
《大风歌》（铁道部）
《舟舟的世界》（中国残联）
《晋察冀文艺兵》（河北）

戏 剧

《虎踞钟山》（话剧·总政）
《洗礼》（话剧·总政）
《沧海争流》（话剧·福建）
《炮震》（话剧·总政）
《古玩》（话剧·北京）
《工人世家》（话剧·山东）
《圣旅》（话剧·河北）
《春夏秋冬》（话剧·湖北）
《浪淘碧海》（话剧·中纪委）
《马背菩提》（话剧·甘肃）
《小巷民警》（话剧·江西）
《大江奔流》（话剧·江苏）
《一人头上一方天》（话剧·黑龙江）
《骆驼祥子》（京剧·江苏）
《变脸》（川剧·四川）
《风雨同仁堂》（京剧·北京）
《瘦马御史》（滇剧·云南）
《大脚皇后》（京剧·山西）
《老子·儿子·弦子》（豫剧·河南）
《孔乙己》（越剧·浙江）
《香江泪》（京剧·总政）
《文成公主》（藏剧·西藏）

《迟开的玫瑰》（眉户剧·陕西）

《大棚情缘》（眉户剧·宁夏）

《淀上人家》（评剧·河北）

《风雨丽人行》（黄梅戏·安徽）

《中原突围》（楚剧·湖北）

舞剧类

《星海·黄河》（舞剧·广东）

《长白情》（舞蹈诗剧·吉林）

《深圳故事·追求》（舞剧·广东）

《咕哩美》（舞蹈诗·广西）

《大漠女儿》（舞剧·新疆）

《青春祭》（舞剧·文化部）

《扎花女》（舞蹈诗·湖南）

《白鹿额娘》（舞剧·辽宁）

《巫山神女》（歌剧·重庆）

《屈原》（歌剧·武警）

《舍楞将军》（歌剧·内蒙古）

《尼玛·太阳》（儿童剧·天津）

《享受艰难》（儿童剧·上海）

《夜郎新传》（儿童剧·贵州）

《认识你，真好》（儿童剧·文化部）

歌　曲

《走进新时代》（广东、总政）

《凝聚》（上海）

《把心交给祖国》（吉林）

《好日子》（黑龙江）

《你是这样的人》（北京）

《我属于你，中国》（北京）

《种下 1999 棵团圆树》（贵州）

《中华大家园》（总政）

《爸爸》（江西）

《常回家看看》（山东）

《送你一束红月季》（天津）

《唐古拉》（天津）

《中国永远收获着希望》（山东）

《乡村社戏》（广西）

《知音歌》（河北）

《旗鼓阵》（四川）

《从头再来》（北京）

《不屈的尊严》（山东）

《国旗和太阳一同升起》（武警）

《边防警察之歌》（公安部）

《有一支歌》（辽宁）

《我们来自南泥湾》（新疆生产建设兵团）

《三月三　九月九》（广西）

《我从草原来》（内蒙古）

《纳西篝火啊哩哩》（中国文联）

《咱们西藏》（西藏）

《火把节的火把》（云南）

《口弦轻轻吹》（甘肃）

《好收成》（江苏）

《彩云南》（中国文联）

《沙湖美》（宁夏）

《我们青海》（青海）

《世世代代情意长》（新疆）

《龙吟颂》（陕西）

《滔滔千古情》（全国总工会）

《唤一声西子踏青去》（浙江）

《黄河壶口》（广电总局）
《永远的江南》（江苏）
《中国新闻工作者之歌》（广电总局）
《为了谁》（江西）
《我们手挽手》（广电总局）
《桂林是我家》（煤炭工业局）
《快乐的夏令营》（河南）
《喜鹊窝》（湖南）
《三峡的孩子爱三峡》（湖北）
《小背篓》（重庆）
《居住》（福建）
《花季·雨季》（团中央）
《走进校园》（安徽）
《山娃的歌》（山西）
《山路十八弯》（湖北）

广播剧

《千古流芳》（北京）
《共和国赤子》（广电总局）
《大河谣》（福建）
《山里娃的老师、儿的娘》（山西）
《嫁给中国》（浙江）
《厉兵石头城》（江苏）
《喊海》（天津）
《大岭村的故事》（安徽）
《正气歌》（江西）
《红庙村》（广电总局）
《飞越黄河》（福建）
《神羊峰》（江西）
《凝聚》（上海）
《永久的青年——瞿秋白》（江苏）
《军伢子》（广东）
《乌蒙杜鹃红》（贵州）
《犟老汉与叫驴的故事》（河南）
《飞来飞去》（辽宁）
《我是柱子》（辽宁）
《“海选”纪事》（吉林）
《老屋的故事》（黑龙江）
《热血英魂》（河北）
《海边的铜铃》（山东）
《请到天涯海角来》（海南）
《山外有个世界》（广西）
《第二次人生》（上海）
《情系大地》（四川）
《披肩》（湖北）
《垛斯》（新疆）
《警察和孩子》（山东）
《电话里的妈妈》（北京）
《周总理与王铁人》（黑龙江）
《桥魂》（浙江）
《抬头一片天》（广东）
《新河》（甘肃）
《永恒的旋律》（内蒙古）
《大地长龙》（陕西）
《与共和国同龄》（湖南）
《山娃看戏》（云南）
《欢歌飞出山窝窝》（新疆生产建设兵团）
《葫芦妹的故事》（团中央）
《永远的琴声》（青海）

《飞行万岁》（总政）

《移民县长》（重庆）

《大海的儿子》（广西）

1999—2001年度 第八届“五个一工程”获奖作品名单

特等奖

电影《生死抉择》（上海）

电视剧《长征》（广电总局）

理论文献电视片《使命》（文献研究室）

入选作品奖

电影

《毛泽东与斯诺》（江西）

《横空出世》（广电总局）

《宇宙与人》（科教片·广电总局）

《我的1919》（陕西）

《真心》（新疆）

《毛泽东在1925》（湖南）

《扬起你的笑脸》（儿童片·贵州、天津）

《世纪大阅兵》（纪录片·总政）

《芬芳誓言》（重庆·中国文联）

《相伴永远》（广电总局）

《英雄无语》（宁夏）

《彩练当空舞》（四川）

《国庆纪事》（纪录片·广电总局）

《巧凤》（吉林）

《无声的河》（儿童片·广电总局）

《因为有爱》（广东）

《冲天飞豹》（北京）

《我爱我爹》（戏曲片·河南）

《生死擂》（戏曲片·安徽）

《詹天佑》（上海）

《刘天华》（江苏）

《珠拉的故事》（内蒙古）

电视剧（片）

《日出东方》（广电总局）

《钢铁是怎样炼成的》（广东）

《突出重围》（重庆、总政）

《东北抗联》（辽宁）

《大雪无痕》（吉林）
《邓小平在1950》（贵州、中国文联）
《少奇同志》（人民日报）
《忠诚》（上海）
《帕米尔医生》（新疆）
《公家人》（宁夏）
《鹰击长空》（总政）
《今天是个好日子》（辽宁）
《号角》（陕西）
《一代廉吏于成龙》（山西）
《我亲爱的祖国》（浙江、统战部）
《红色康乃馨》（上海）
《女子特警队》（武警）
《光荣之旅》（山东）
《淘金记》（四川）
《江隆基》（甘肃）
《有这样一个支部书记》（黑龙江、山东）
《贫嘴张大民的幸福生活》（北京）
《关汉卿传奇》（河北）
《水命》（内蒙古）
《文成公主》（西藏）
《一个生命的倒计时》（云南）
《木瓜上市》（安徽）
《苦楝树开花的季节》（广西）
《壮志凌云》（总政、广电总局）
《兵哥兵妹》（江西）
《森林里的故事》（福建）
《苍山如海》（湖南）
《嫂娘》（广电总局）
《惊涛》（总政）
《星星火炬》（团中央）
《警察李久平》（江苏）
《苏园六记》（江苏）
《中华文物备忘录》（人民日报）
《太阳不落山》（北京）
《大树小树》（陕西）
《红楼梦》（浙江）
《封锯以后》（全国总工会）
《三峡船闸》（武警）
《嫁到非洲》（天津）
《大河沿》（青海）
《赵世炎》（重庆）
《活出个样儿》（湖北）
《叶剑英在1946》（海南）
《张闻天》（上海）
《亚心与一个牧羊人》（新疆）
《金牌背后的故事》（宁夏）
《永远的非洲》（河南）
《紫荆勋章》（广东）
《谢瑶环》（吉林）
《大地之子——蔡希陶的故事》（云南）
《中国博物馆》（广东）
《澳门的故事》（广电总局）
《小点》（山西）
《波涛汹涌》（总政）
《乌蒙赤子赵春翰》（铁道部）
《冰心》（福建、统战部）
《歌声飘过80年》（广电总局）

戏剧

《父亲》（话剧·辽宁）

《“厄尔尼诺”报告》（话剧·总政）

《邓小平在江西》（话剧·甘肃）

《桃花谣》（音乐话剧·总政）

《秦淮人家》（话剧·江苏）

《马卫华》（话剧·武警）

《风驰瑶岗》（话剧·安徽）

《三峡魂》（话剧·中国文联）

《吴登云》（话剧·新疆）

《窗外有片红树林》（话剧·团中央、广东）

《情满草原》（话剧·西藏）

《梅家小院》（话剧·宁夏）

《千秋功罪》（话剧·新疆生产建设兵团）

《中国制造》（话剧·全国总工会）

《瘦马御史》（京剧·文化部）

《华子良》（京剧·天津）

《宰相刘罗锅（第二本）》（京剧·北京）

《香魂女》（豫剧·河南）

《远山》（吉安采茶戏·江西）

《画龙记》（闽剧·福建）

《秋天的花鼓》（现代花鼓戏·湖南）

《胡风汉月》（评剧·河北）

《腊八姐》（五音戏·计生委）

《香火》（北路梆子·计生委）

《碧水长流》（吕剧·中纪委）

《梁红玉》（龙江剧·黑龙江）

《满都海斯琴》（蒙古剧·内蒙古）

《土缘》（粤剧·广东）

《闹龙舟》（湖北花鼓戏·湖北）

《五味十字》（眉户剧·陕西）

《文成公主》（川剧·四川）

《闪闪的红星》（现代舞剧·上海）

《阿炳》（民族舞剧·江苏）

《傲雪花红》（民族舞剧·山西）

《虎门魂》（舞剧·总政）

《二泉映月》（芭蕾舞剧·辽宁）

《妈勒访天边》（壮族舞剧·广西）

《祖国，深圳对你说》（纪实歌舞剧·广东）

《好兵李向群》（歌舞剧·总政）

《大梦敦煌》（舞剧·甘肃）

《司马迁》（歌剧·陕西）

《宝贝儿》（少儿剧·山东）

《未来组合》（少儿音乐剧·四川）

《寒号鸟》（少儿音乐剧·浙江）

《生死峡谷》（少儿京剧·山东）

《想变蜜蜂的孩子》（少儿剧·北京）

《我要做好孩子》（少儿滑稽戏·江苏）

《小小聂耳》（少儿剧·云南）

《天鹅之歌》（少儿剧·团中央）

《“红岩魂”形象报告展演》（报告剧·重庆）

《鹿回头》（人偶剧·海南）

歌 曲

《新世纪艳阳天》（上海）

《金光一缕》（广东）

《七月山歌》（河南）

《中国春潮》（总政）

《越来越好》（黑龙江）

《好美一个秋》（湖南）

《无悔的选择》（吉林）

《军旗下的我们》（北京）

《当代工人之歌》（全国总工会）

《清晨，我们从田野走过》（江苏）

《踏歌起舞》（天津）

《祖国不会忘记》（青海）

《咱老百姓》（山东）

《武警之歌》（武警）

《村务公开栏》（河北）

《海峡风》（福建）

《海乡的秋天》（浙江）

《麻辣烫》（四川）

《水做的故乡》（江苏）

《的哥畅想好生活》（天津）

《天安门广场抒怀》（中国文联）

《小白鸽》（山西）

《中国的希望》（云南）

《西部扬帆》（陕西）

《永远的井冈山》（江西）

《山记得住，水也记得住》（铁道部）

《星星月亮太阳》（辽宁）

《年是什么》（广电总局、山东）

《五星红旗》（北京）

《忠诚》（安徽）

《村支书》（四川）

《山妞走四方》（河南）

《永远跟你走》（团中央）

《大地飞歌》（广西）

《草原新绿》（内蒙古）

《踩鼓》（贵州）

《摆手舞》（重庆）

《家乡的明月，边关的雪》（新疆）

《天上的西藏》（西藏）

《百年千年》（武警）

《神奇的西部》（宁夏）

《尕娃娃，捉蚂蚱》（甘肃）

《赤诚》（海南）

《希望》（文化部）

《相思月亮》（高检）

《大三峡》（经贸委）

《情是一首歌》（计生委）

《我从三峡来》（湖北）

《我能为你做些什么》（残联）

《祖国，你好》（上海）

《西部放歌》（总政）

《长江我的家》（团中央）

《祝福祖国》（广东）

《我把太阳迎进祖国》（天津）

《祖国，永远祝福你》（总政）

《庄稼人把秧歌扭起来》（陕西）

《登上雨花台》（江苏）

《军人道德组歌》（总政）

《走向西部》（安徽）

《向着太阳走》（辽宁）

《兄弟姐妹要团聚》（广东）
《贴心人》（山东）
《二十年后再相会》（北京）
《家和万事兴》（湖北）

广播剧

《普通人家》（内蒙古）
《向天歌》（北京）
《生命的交响》（福建）
《秀色》（天津）
《铁窗英魂》（江西）
《特殊故事》（广西）
《未来的公公不好劝》（山西）
《嫁给了公家人》（上海）
《白衣圣人》（江苏）
《永远的恰巴山》（安徽）
《大兴安岭的女儿》（浙江）
《老神树》（黑龙江）
《谢庄故事》（广电总局）
《乡里乡亲住高楼》（山东）
《历史的守望者》（辽宁）
《天鹅宴》（福建）
《点亮心灯的人》（山东）
《阳光行动》（安徽）
《新生命一号》（广东）
《幸福一把》（河南）
《夕阳奏鸣曲》（上海）
《跟着鸟儿回家》（吉林）
《海人》（辽宁）
《追寻方志敏》（黑龙江）
《菊坛雅韵》（河北）
《我们的队伍向太阳》（广东）
《大禹的传说》（江西）
《“事儿妈”今年二十三》（天津）
《中华之声》（江苏）
《新官亮相》（四川）
《满目青山》（湖北）
《妈妈你说话》（北京）
《生命天梯》（重庆）
《天凤》（陕西）
《一棵树传奇》（宁夏）
《枫桥民警》（浙江）
《永远的深情》（广西）
《无价的承诺》（湖北）
《好兵李向群》（海南）
《黎明的歌》（湖南）
《理财组长》（河南）
《那山刺梨花更红》（贵州）
《圣旅》（西藏）
《中华鲟历险记》（团中央、湖北）
《情满帕米尔》（新疆）
《白玉观音》（公安部）
《头版新闻》（经贸委）

2001—2003年度 第九届“五个一工程”获奖作品名单

优秀作品

电 影

《惊涛骇浪》（总政）
《邓小平》（广东）
《美丽的大脚》（陕西）
《首席执行官》（山东、广电总局）
《暖春》（山西）

电视剧（片）

《激情燃烧的岁月》（陕西、总政）
《希望的田野》（吉林）
《誓言无声》（四川）
《云淡天高》（广东）
《至高利益》（浙江）
《DA 师》（总政）
《省委书记》（广电总局）
《新四军》（安徽）
《世纪之约》（辽宁）
《彭真》（北京）
《刘老根》（吉林、广电总局）

戏 剧

《任弼时——开国大典随想曲》（话剧·辽宁）
《铡刀下的红梅》（豫剧·河南）
《万家灯火》（话剧·北京）
《红梅赞》（舞剧·总政、中国文联）
《驼哥的旗》（粤剧·广东）
《我在天堂等你》（话剧·总政）
《寻找爸爸毛泽东》（儿童话剧·山东）
《干将与莫邪》（舞剧·江苏）
《为你喝彩》（话剧·天津）
《北斗星》（京剧儿童剧·中国文联、山东）

歌　曲

《晒盐的汉子》（河北）
《世纪春雨》（北京）
《爱唱乌钦的阿爸》（黑龙江）
《好人龙清秀》（湖南）
《情系人民》（广东）
《姐妹弟兄》（团中央）

广播剧

《永久的思念》（福建）
《希望的田野》（河南）
《寻找》（吉林）
《西沙女兵》（海南）
《马克思的一天》（江西）

入选作品

电　影

《和你在一起》（广电总局）
《法官妈妈》（北京）
《天上草原》（内蒙古）
《乡长本姓赵》（湖南）
《棒球少年》（福建）
《心跳墨脱》（西藏）
《库尔班大叔上北京》（新疆）
《走出西柏坡》（上海）
《我的格桑梅朵》（四川）
《真情三人行》（江苏、广西）

电视剧（片）

《导弹旅长》（云南）
《大法官》（山东）
《天娇》（江苏）
《静静的艾敏河》（内蒙古）
《奔腾向海洋》（天津）
《五彩戏娃》（河北）
《我们的连队》（江西）
《祥符春秋》（河南）
《中原突围》（湖北）
《日子如水》（贵州）
《命运的承诺》（福建）
《走进高一》（黑龙江）
《李硕勋》（海南）
《唐之韵》（宁夏）

《兄弟》（新疆）
《村官》（山西）
《邓小平在重庆》（重庆）
《开国共产党人的亲情家事》（团中央）
《天边的太阳》（武警）

戏 剧

《风雨红棉》（舞剧·广东、中国文联）
《沥沥太阳雨》（歌剧·湖南）
《江上行》（莆仙戏·福建）
《典妻》（甬剧·浙江）
《又一个黎明》（话剧·陕西）
《土炕上的女人》（蒲剧·山西）
《特殊故事》（话剧·黑龙江）
《青春跑道》（滑稽戏·教育部、江苏）
《爱尔纳突击》（话剧·总政）
《班昭》（昆剧·上海）
《秋天的牵挂》（话剧·国家林业局）
《太阳童谣》（儿童音乐剧·广西）
《儿子》（话剧·四川）
《兰州人家》（话剧·甘肃）
《达达瑟》（歌舞诗剧·海南）
《草原母亲》（京剧·内蒙古）
《湟水情》（秦腔剧·青海）
《乡里法官》（吉安采茶戏·江西）
《西柏坡》（评剧·河北）
《钟鸣楚天》（乐舞·湖北）

歌 曲

《土娃子》（团中央）
《苗女绣花》（贵州）
《台湾雪》（广电总局）
《在灿烂阳光下》（总政、广东）
《圪梁梁上的二妹妹》（陕西）
《风景》（福建）
《山里山外》（江西）
《香香花为媒》（浙江）
《思念袭来》（江苏）
《今天的你》（天津）
《妈妈的羊皮袄》（青海）
《二娃上了英特网》（山西）
《我们曾经当过兵》（辽宁）
《邻里歌谣》（河南）
《踏响新节奏》（上海）
《期待相聚》（山东）
《打歌》（云南）
《挑着好日子山过山》（广西）
《快乐裕固娃》（甘肃）
《长鼓敲起来》（吉林）
《圆梦新天路》（西藏）

广播剧

《居然和管沙一起长大》（黑龙江）
《北风吹》（河北）
《后稷传人》（陕西）
《新秦琼卖马》（安徽）
《回声河》（天津）
《移民乡官冉绍之》（重庆）
《再生之路》（辽宁）
《神农袁隆平》（北京）
《圪垛村趣事》（山西）
《母亲的情怀》（山东）
《大地震》（江苏）
《青山作证》（湖北）
《渥巴锡汗》（内蒙古）
《山海情》（浙江）
《塞纳河畔的誓言》（广电总局）
《柳州刺史柳宗元》（广西）
《汽车人》（上海）
《最高任务》（四川）
《土地谣》（湖南）
《塞上马莲草》（宁夏）

2003—2006年度 第十届“五个一工程”获奖作品名单

特等奖

电　影

《张思德》（北京）
《云水谣》（广电总局）
《太行山上》（总政）

电视剧

《恰同学少年》（湖南）
《延安颂》（广电总局）
《插树岭》（吉林）
《亮剑》（北京、总政、上海）

戏 剧

《立秋》（话剧·山西）

优秀作品奖

电 影

《我的长征》（总政）
《东京审判》（上海、江西）
《我的法兰西岁月》（广东）
《风起云涌》（广电总局）
《小巷总理》（吉林）
《我的母亲赵一曼》（福建）
《沉默的远山》（湖北）
《情暖万家》（江苏）
《邓小平·1928》（上海）
《郑培民》（湖南）
《花腰新娘》（云南）
《两个人的芭蕾》（天津）
《美丽家园》（新疆）
《江孜·1904》（西藏）
《大山深处的保尔》（中国残联）
《快乐时光》（人民日报）
《村官过大年》（黑龙江）
《村官李天成》（河南）
《小康路上》（辽宁）

电视剧

《八路军》（山西）
《西圣地》（重庆）
《雄关漫道》（贵州）
《诺尔曼·白求恩》（上海）
《亲情树》（广东）
《乡村爱情》（计生委）
《都市外乡人》（吉林）
《香樟树》（江苏）
《赵树理》（山西）
《红领章》（江西）
《守望幸福》（辽宁）
《大姐》（安徽）
《上将许世友》（江苏、总政）
《当家的女人》（河北）
《江塘集中营》（江苏）
《历史的天空》（北京、上海、安徽）
《大染坊》（山东）
《茶马古道》（西藏）
《沙场点兵》（江西）
《康定情歌》（四川）

《国家使命》（总政）

《铁道游击队》（山东）

《热带风暴》（武警）

《无愧苍生》（公安部）

《破天荒》（黑龙江）

《孝子》（人民日报）

《无国界行动》（公安部）

《海之门》（浙江）

《圣水湖畔》（吉林）

《乔家大院》（广电总局）

《快乐星球》（河南）

《家有儿女》（中国文联）

《石破天惊》（总政）

■ 戏 剧

《黄土谣》（话剧·总政）

《郭双印连他乡党》（话剧·陕西）

《马蹄声碎》（话剧·总政）

《凌河影人》（话剧·辽宁）

《小蝌蚪找妈妈》（儿童剧·文化部）

《独生子当兵》（话剧·总政）

《移民金大花》（话剧·重庆）

《北街南院》（话剧·北京）

《程婴救孤》（豫剧·河南）

《邵江海》（歌仔戏·福建）

《廉吏于成龙》（京剧·上海）

《老表轶事》（花鼓戏·湖南）

《十二月等郎》（花鼓戏·湖北）

《巴山秀才》（川剧·四川）

《大儒还乡》（桂剧·广西）

《妈祖》（京剧·天津）

《官鹅情歌》（陇剧·甘肃）

《文成公主》（京剧藏戏·西藏）

《红河谷》（舞剧·江苏）

《一把酸枣》（舞剧·山西）

《野火春风斗古城》（歌剧·总政）

《风中少林》（舞剧·河南、中国文联）

《天鹅湖》（杂技剧·总政、上海）

《南京 1937》（舞剧·文化部）

《冰山上的来客》（音乐剧·新疆）

■ 歌 曲

《吉祥三宝》（北京）

《快乐的风》（铁道部）

《盖楼的哥们儿》（河北）

《一窝雀》（云南）

《变脸》（四川）

《吃苦就是吃补》（福建）

《天边》（内蒙古）

《宇宙的种子》（中国文联）

《永远的小平》（广东）

《战斗精神歌曲系列》（总政）

《望月》（北京）

《父亲》（黑龙江）

《故土情》（陕西）
《峡江情歌》（湖北）
《读唐诗》（福建）
《口碑》（山东）
《感恩》（上海）
《光荣的士兵》（总政）
《藏族人家》（西藏）
《把城里的哥哥娶回家》（江西）

广播剧

《代表中国》（北京）
《“小巷总理”谭竹青》（吉林）
《小米》（广东）
《淘气包马小跳》（浙江）
《秋日里的野芒花》（福建）
《月亮走 我也走》（黑龙江）
《七七的“城堡”》（黑龙江）
《深情》（北京）
《三个人的学校》（江西）
《农民的好支书李元龙》（江苏）
《你好，我是向菲》（广电总局）
《月照天山》（山东）
《静静的胡杨》（浙江）
《深山信使》（广电总局）
《生死大营救》（湖南）
《母亲的童谣》（安徽）
《走过冬天》（上海）

2007—2009年度 第十一届“五个一工程”获奖作品名单

电 影

《梅兰芳》（广电总局）
《集结号》（北京）
《高考1977》（上海）
《大河》（新疆）
《邓稼先》（江苏）
《长调》（内蒙古）
《袁隆平》（湖南）
《潘作良》（辽宁）
《超强台风》（浙江）
《腊月雪》（吉林、黑龙江）
《铁人》（全国总工会、北京）
《孟二冬》（黑龙江）
《八月一日》（总政）
《突发事件》（福建）
《沂蒙六姐妹》（山东）
《黎明行动》（湖北）

《夜袭》（山西）

《我的左手》（天津）

《亲兄弟》（河北）

《夜明》（广东）

《从头再来》（江西）

《隐形的翅膀》（陕西）

《霓虹灯下新哨兵》（总政、武警）

《记者甘远志》（海南）

《寻找微尘》（山东）

《程婴救孤》（戏曲电影·河南）

电视剧

《闯关东》（山东）

《走西口》（山西）

《士兵突击》（总政、云南）

《潜伏》（广东）

《戈壁母亲》（广电总局）

《金婚》（北京）

《北风那个吹》（浙江）

《星火》（统战部）

《井冈山》（江西）

《周恩来在重庆》（重庆）

《绝地逢生》（贵州）

《国家行动》（湖南、重庆）

《保卫延安》（陕西）

《彭雪枫》（总政）

《誓言永恒》（四川）

《大国医》（河南、卫生部、天津）

《地下地上》（青海、江西）

《战争目光》（河北）

《交通警察》（吉林）

《父辈的旗帜》（天津）

《喜庆农家》（辽宁）

《文化站长》（黑龙江）

《祈望》（安徽）

《旗舰》（湖北）

《没有语言的生活》（广西、中国残联）

《人间正道是沧桑》（江苏）

《我的青春谁做主》（上海）

《郑和下西洋》（福建）

《东归英雄传》（内蒙古）

《老柿子树》（甘肃）

《木卡姆往事》（新疆）

《台湾 1895》（中直工委）

《警察故事》（公安部）

动画片

《福娃奥运漫游记》（北京）

《大耳朵图图》（上海）

《郑和下西洋》（浙江）

《独脚乐园》（第 1 、2 部）（河南）

《喜羊羊与灰太狼》（广东）

《三国演义》（广电总局）

戏 剧

《矸子山上的男人女人》（话剧·辽宁）

《万世根本》（话剧·安徽）

《生命高度》（话剧·总政）

《风刮卜奎》（话剧·黑龙江）

《坚守》（话剧·四川）

《古丢丢》（儿童剧·湖北）

《红孩子》（儿童剧·北京）

《成败萧何》（京剧·上海）

《北风紧》（京剧·福建）

《丝路花雨》（京剧·甘肃）

《飘逸的红纱巾》（京剧·江苏）

《泸水彝山》（京剧·文化部）

《常香玉》（豫剧·河南）

《寄印传奇》（评剧·天津）

《女人九香》（河北梆子·河北）

《傅山进京》（晋剧·山西）

《柳河湾的新娘》（秦腔·陕西）

《作田汉子也风流》（湖南花鼓戏·湖南）

《杨广和》（吕剧·交通部、山东）

《梭椤寨》（云南花灯剧·云南）

《顾家姆妈》（滑稽戏·全国妇联）

《百合花开》（秦剧·卫生部、甘肃）

《洪皓》（满族新城戏·吉林）

《快乐标兵》（赣南采茶戏·江西）

《十里红妆·女儿梦》（舞剧·浙江）

《草原记忆》（舞剧·内蒙古）

《碧海丝路》（舞剧·广西）

《猴王·花果山》（人偶奇幻剧·北京）

《宋城千古情》（大型歌舞类节目·浙江）

《井冈山》（大型歌舞类节目·江西）

歌 曲

《我和你》（北京）

《北京欢迎你》（北京）

《生死不离》（四川）

《站起来》（安徽）

《天蓝蓝》（天津）

《海峡之梦》（福建）

《送你一朵东方茉莉》（湖南）

《一家人》（新疆维吾尔自治区）

《我的祝福你听到了吗》（河北）

《我的根在草原》（内蒙古）

《旗帜》（江西）

《红旗颂》（黑龙江）

《中国，站立成树》（上海）

《迷彩八零后》（江苏）

《钢筋班的棒小伙》（浙江）

《可可西里》（广电总局、山东）

《农家车谣》（河南）

《好日子慢慢过》（湖北）

《我生在1978》（广东）

《火辣辣的城》（重庆）

《回族尕妹，我的花儿》（宁夏）

《月亮花》（云南）

《故乡情怀》（西藏）

《我的陕北》（陕西）

《当代革命军人核心价值观之歌》（总政）

《最亲的人》（公安部）

广播剧

《京城第一家》（北京）

《中国钟》（天津）

《国歌响起》（辽宁）

《草原童谣》（吉林）

《咱们工人有力量》（黑龙江）

《照亮苗乡的月亮》（贵州）

《军训日记》（江苏）

《为了零点五克的挚爱》（浙江）

《重返鄱阳湖》（江西）

《歌唱祖国》（福建）

《情满昆仑》（山东）

《“傻子”传奇》（安徽）

《生死较量》（河南）

《拔鲁》（广东）

《吹破天的婚事》（广电总局）

2009—2012年度 第十二届“五个一工程”获奖作品名单

电　影

《建国大业》（广电总局）

《建党伟业》（广电总局）

《唐山大地震》（河北）

《郭明义》（辽宁）

《飞天》（总政）

《忠诚与背叛》（中纪委）

《钱学森》（陕西）

《杨善洲》（北京、云南）

《第一书记》（安徽）

《生死罗布泊》（新疆）

《信义兄弟》（湖北、吉林）

《歼十出击》（总政）

《先遣连》（西藏）

《辛亥革命》（上海、江苏）

《吴运铎》（内蒙古）

《惊沙》（北京）

《爱在廊桥》（福建）

《铡刀下的红梅》（河南）

《秋之白华》（江苏）

《可爱的中国》（江西）

《北川重生》（山东）

《响九霄》（中国文联）

《萧红》（黑龙江）

《岁岁清明》（浙江）

《大太阳》（吉林、四川）

《湘江北去》（湖南）

电视剧

《我们的法兰西岁月》（江苏）

《媳妇的美好时代》（北京）

《永远的忠诚》（安徽）

《感动生命》（广电总局）

《国门英雄》（湖北）

《解放大西南》（重庆、云南、四川）

《解放》（天津）

《金凤花开》（云南、国家民委）

《毛岸英》（湖南）

《兵峰》（总政）

《五星红旗迎风飘扬》（广东）

《永远的田野》（吉林）

《远山的红叶》（中纪委）

《解放海南岛》（海南、总政）

《辛亥革命》（天津）

《小小飞虎队》（山东）

《奢香夫人》（贵州）

《红色摇篮》（江西、福建）

《奠基者》（国资委）

《为了新中国前进》（河北）

《中国地》（辽宁）

《永不消逝的电波》（陕西）

《生死依托》（内蒙古）

《松花江上》（黑龙江）

《东方》（浙江）

《革命人永远是年轻》（山西）

《誓言今生》（上海、江苏）

《湖光山色》（河南）

《雪域天路》（中国文联）

《大营救》（甘肃）

《便衣支队》（公安部）

《小站风云》（中国文联）

《向东是大海》（浙江）

动画片

《兔侠传奇》（天津）

《熊出没》（广东）

《西柏坡》（河北）

《美猴王》（广电总局）

《小牛向前冲》（内蒙古）

《少年阿凡提》（新疆）

戏 剧

《郭明义》（话剧·辽宁）

《雾蒙山》（话剧·计生委）

《生命档案》（话剧·总政）

《寻找李大钊》（话剧·河北）

《拓跋鲜卑》（话剧·内蒙古）
《搬家》（话剧·云南）
《留守小孩》（儿童剧·江苏）
《信仰》（话剧·湖北）
《牛子厚》（京剧·吉林）
《大漠苏武》（京剧·文化部）
《苦乐村官》（陇剧·甘肃）
《西京故事》（秦腔·陕西）
《苏武牧羊》（豫剧·河南）
《八子参军》（采茶歌舞剧·江西）
《蝴蝶之恋》（歌仔戏·福建）
《李贞回乡》（湘剧·湖南）
《马本仓当官记》（评剧·北京）
《晚雪》（河北梆子·天津）
《儿行千里》（莱芜梆子·山东）
《红军花》（舞剧·四川）
《铁道游击队》（舞剧·总政）
《鹤鸣湖》（舞蹈诗·黑龙江）
《秀娘》（舞剧·江苏）
《解放》（说唱剧·山西）
《告诉海》（音乐剧·浙江）
《水月洛神》（舞剧·河南）
《延安记忆》（舞蹈诗·武警、中国文联）
《钓鱼城》（歌剧·重庆）
《徽班》（舞剧·安徽）
《桂花雨》（音乐剧·广西）
《天边的红云》（舞剧·上海）
《花儿》（舞剧·宁夏）

歌　曲

《走向复兴》（广东）
《迎风飘扬的旗》（广东）
《阳光路上》（北京、山西、总政）
《好人就在身边》（河北）
《我要去延安》（福建、中国文联）
《把幸福给你》（辽宁）
《卢沟谣》（北京）
《我们的天空》（天津）
《爱中华》（黑龙江）
《今夜想起你》（公安部、湖南）
《又到吴起镇》（陕西）
《如意东方》（江苏）
《好男儿就是要当兵》（山东）
《追寻》（安徽）
《平安中国》（武警）
《莲花红　莲花白》（江西）
《巴土恋歌》（湖北）
《爱是你我》（新疆）
《家的牵挂》（河南、国资委）
《最美的歌儿唱给妈妈》（吉林）
《又见拉萨》（青海）
《跟着阿妹的山歌走》（云南）
《致世博》（上海）
《东方为什么红》（浙江）
《故乡的奶茶》（内蒙古）
《蜀道》（四川）
《学做雷锋》（全国总工会）
《两岸一家亲》（福建）
《相亲相爱》（山东）
《国家》（北京）

广播剧

《伟大的转折》（北京）
《永远的约定》（河北）
《彩虹升起的地方》（内蒙古）
《美丽的花楸树》（辽宁）
《山湾小站》（吉林）
《中国有个北大仓》（黑龙江）
《君子史良》（江苏）
《踮起脚尖》（浙江）
《举起你的右手》（安徽）
《英烈回家》（福建）
《大法官梅汝璈》（江西）
《特殊“账本”》（山东）
《首义三杰》（湖北）
《大地之爱》（云南）
《红飘带》（广电总局）
《扁担上的影院》（湖南）
《康巴》（四川）
《农民工司令》（河南）
《秒针上的较量》（天津）

2012—2014年度 第十三届“五个一工程” 获奖作品名单

电 影

《中国合伙人》（国家新闻出版广电总局）
《周恩来的四个昼夜》（河北）
《一号目标》（江苏）
《永远的焦裕禄》（河南）
《真爱》（新疆）
《天上的菊美》（四川）
《兰辉》（四川）
《百鸟朝凤》（陕西）
《索道医生》（云南、吉林）
《警察日记》（内蒙古、公安部）
《一代宗师》（北京）
《西藏天空》（上海、西藏）
《毛泽东与齐白石》（湖南）
《雷锋在1959》（辽宁）
《甘南情歌》（甘肃）
《目标战》（总政）
《走过雪山草地》（重庆）
《全民目击》（天津、广东）
《张丽莉老师的故事》（黑龙江）
《听风者》（浙江）
《衍香》（福建）
《世界屋脊的歌声》（山东）
《洋妞到我家》（江西）
《一八九四·甲午大海战》（安徽）

《青春派》（湖北）

《近距离击杀》（贵州）

《英雄之战》（青海）

电视剧

《毛泽东》（湖南、广东、重庆）

《历史转折中的邓小平》（中央文献研究室、国家新闻出版广电总局、四川、上海）

《焦裕禄》（上海、浙江、黑龙江）

《温州一家人》（浙江）

《老有所依》（北京）

《原乡》（中直工委、北京、重庆、福建）

《寻路》（天津）

《推拿》（江苏）

《有你才幸福》（广东）

《先遣连》（河北）

《大路上》（辽宁）

《聂荣臻》（陕西、重庆）

《青果巷》（江苏）

《杨善洲》（云南、安徽）

《父母爱情》（山东）

《木府风云》（云南）

《大河儿女》（河南、国家新闻出版广电总局）

《营盘镇警事》（河北、公安部、国家新闻出版广电总局）

《刘伯承元帅》（重庆、总政）

《闯关东前传》（黑龙江、辽宁）

《国家命运》（浙江）

《陈云》（上海）

《阿娜尔罕》（新疆）

《我的土地我的家》（吉林）

《幸福生活万年长》（山西）

《火蓝刀锋》（总政）

《茶颂》（云南、国家民委）

《领袖》（江西、贵州）

《我的故乡晋察冀》（中国文联）

《西藏秘密》（西藏）

戏　剧

《焦裕禄》（豫剧·河南）

《将军道》（京剧·辽宁）

《我的娘姨我的娘》（越剧·浙江）

《六世班禅》（河北梆子·河北）

《宇宙锋》（汉剧·湖北）

《鲜儿》（龙江剧·黑龙江）

《花儿声声》（秦腔·宁夏）

《小乔初嫁》（黄梅戏·安徽）

《挑山女人》（沪剧·上海）

《七步吟》（桂剧·广西）

《保婴记》（芗剧·福建）

《谭嗣同》（湘剧·湖南）

《水莽草》（滇剧·云南）

《站醒台》（吉剧·吉林）

《西狭长歌》（陇剧·甘肃）
《赵锦棠》（评剧·天津）
《红旗渠》（话剧·河南）
《兵者·国之大事》（话剧·总政）
《国家的孩子》（话剧·内蒙古）
《活在阳光下》（话剧·四川）
《徽商传奇》（话剧·安徽）
《想飞的孩子》（儿童剧·北京）
《幸存者》（话剧·重庆）
《粉墨春秋》（舞剧·山西）
《红高粱》（舞剧·山东、中国文联）
《丹顶鹤》（舞剧·江苏）
《情暖天山》（歌舞剧·新疆）
《红帮裁缝》（歌剧·文化部）
《大汉苏武》（歌剧·陕西）
《回家》（歌剧·江西）
《妈妈再爱我一次》（音乐剧·全国妇联）
《仰欧桑》（歌舞诗·贵州）
《西关小姐》（音乐剧·广东）

动画片

《新大头儿子和小头爸爸》（国家新闻出版广电总局）
《熊出没之夺宝熊兵》（广东）
《青蛙王国》（吉林）
《大角牛梦工场》（内蒙古）
《冲锋号》（陕西）
《终极大冒险》（山西）

电视纪录片

《习仲勋》（国家新闻出版广电总局）
《舌尖上的中国1》（国家新闻出版广电总局）
《伟大的抗美援朝》（北京）
《楚国八百年》（湖北）
《船政学堂》（福建）
《走进和田》（新疆）
《大黄山》（安徽）
《海之南》（海南）
《东北抗联》（吉林）

广播剧

《重整河山待后生》（天津）
《让我陪你看夕阳》（北京）
《我有一片阳光》（宁夏、上海）
《大庆人在非洲》（黑龙江）
《野鸭岛》（吉林）
《一个县委书记的担当》（河北）
《本色》（江西）
《爸爸的脊梁》（安徽）

《格桑花开》（湖北）
《中国船长》（山东、国家新闻出版广电总局）
《疍家小渔村》（广东）
《照片中的回忆》（辽宁）
《你的飞翔我的梦》（青海）
《雪域彩虹》（江苏、西藏）
《宗旨》（内蒙古）
《默默流淌的爱》（重庆）
《跨越海峡的追寻》（福建）
《海螺心》（浙江）
《打工局长》（云南）
《父亲》（四川）
《种树人》（山西）
《马兰谣》（新疆）

歌　曲

《我们的中国梦》（江苏）
《天下百姓》（河北）
《时间都去哪儿了》（北京）
《乘梦飞翔》（吉林）
《春暖花开》（黑龙江）
《湘江飞出一首歌》（湖南）
《放飞梦想》（广东）
《老阿姨》（江西）
《江河恋》（湖北）
《儿女情长》（吉林）
《光荣与梦想》（国家新闻出版广电总局）
《天耀中华》（国家新闻出版广电总局）
《把爱捧给你》（天津）
《为什么跟你走》（青海）
《春雨江南》（江苏、全国妇联）
《土豆花儿开》（国资委）
《同志们》（浙江）
《海峡月光曲》（福建）
《强军战歌》（总政）
《旗帜》（辽宁）
《老百姓的爱》（甘肃）
《丝路放歌》（陕西）
《老井》（四川）
《净土》（云南）
《云贵高原》（贵州）
《天地人心》（重庆）
《爱的眼神》（内蒙古）
《屯垦爹娘》（新疆生产建设兵团）
《百年一梦》（上海）
《小村人的婚礼》（河南）
《北京时间》（山东）

图书在版编目（CIP）数据

中华艺术之花·2014 ："五个一工程"获奖作品 /
中共中央宣传部文化艺术局编 . -- 北京 : 学习出版社 ,2015.3

ISBN 978-7-5147-0527-0

Ⅰ . ①中… Ⅱ . ①中… Ⅲ . ①文艺—作品综合集—
中国—当代 Ⅳ . ① I217.1

中国版本图书馆 CIP 数据核字 (2015) 第 025357 号

中华艺术之花·2014

ZHONGHUA YISHU ZHIHUA · 2014

——"五个一工程"获奖作品

中共中央宣传部文化艺术局　编

责任编辑：向　均　宋　飞
技术编辑：周媛卿
装帧设计：华夏策略

出版发行：学习出版社
北京市崇外大街 11 号新成文化大厦 B 座 11 层（100062）
010-66063020　010-66061634　010-66061646
网　　址：http://www.xuexiph.cn
经　　销：新华书店
印　　刷：北京联兴盛业印刷股份有限公司

开　　本：889 毫米 ×1194 毫米　1/16
印　　张：21
字　　数：180 千字
版次印次：2015 年 3 月第 1 版　2015 年 3 月第 1 次印刷

书　　号：ISBN 978-7-5147-0527-0
定　　价：112.00 元

中华艺术之花

李铎

中華藝術之花

劉炳森題

中華藝術之花

林岫題

中華藝術之花

周而復題

中華藝術之花

權希軍

中華藝術之花

佟韦題